प्रार्थना

(प्रत्येक धर्म की)

अब्दुल वहीद

प्रार्थना (प्रत्येक धर्म की)
(Prayer of every religion)

By- Abdul Waheed

Awarded to

Abdul Waheed

for publishing **"Prayer of every religion"**

notionpress

CERTIFICATE OF PUBLISHING

We're proud to present this certificate of publishing to

Abdul Waheed

for successfully publishing

PRAYER OF EVERY RELIGION

on. 22-12-2022

"A writer's life and work are not a gift to mankind; they're a necessity" ~ Toni Morrison

समर्पण

यह पुस्तक मेरे मरहूम पिताजी हाजी उबैदुर्रहमान (मुन्ना) तथा छोटा भाई अब्दुल हमीद की याद में समर्पित है। ईश्वर (अल्लाह) उनकी आत्मा को शांति दे.
आमीन.

विषय सूची

क्रमांक	विषय	पृष्ठ संख्या
1	भूमिका	8
2	स्कूल के पाठ्यक्रम में प्रसिद्ध प्रार्थना	9
3	लता मंगेशकर द्वारा गाया, बॉलीवुड का एक प्रसिद्ध गीत (प्रार्थना)	11
4	इस्लाम धर्म की प्रार्थना	13
5	हिन्दू धर्म की प्रार्थना	15
6	बौद्ध धर्म की प्रार्थना	17
7	जैन धर्म की प्रार्थना	18
8	सिख धर्म की प्रार्थना	20
9	यहूदी धर्म की प्रार्थना	21
10	ताओ धर्म की प्रार्थना	24
11	सर्वधर्म प्रार्थना	26
12	जरथुष्ट्र (पारसी) धर्म की प्रार्थना	28
13	ईसाई धर्म की प्रार्थना	30
14	बहाई धर्म की प्रार्थना	32
15	महात्मा गांधी की प्रार्थना	34
16	ड्रूज धर्म की प्रार्थना	36

17	नास्तिक प्रार्थना	38
18	मंडियन प्रार्थना	40
19	नेस्टोरियन प्रार्थना	42
20	चर्च आफ शैतान	51
21	शैतानवाद	56
22	कबीरपंथी	58
23	संत मत	66
24	सरना धर्म की प्रार्थना	67
25	धर्म निरपेक्ष धर्म	72
26	लोक धर्म	73
27	मेरी अन्य पुस्तकें	77
28	अपना व्यक्तिगत परिचय	81

भूमिका

उस परमात्मा या मालिक के लिए हर धर्म के अंदर अपनी एक प्रार्थना होती है, ऐसी प्रार्थना से ही जीवन का कल्याण होता है, बॉलीवुड की एक मशहूर फिल्म दो आंखें बारह हाथ में भी बहुत अच्छी प्रार्थना लता मंगेशकर द्वारा गाई गई है जो काफी पुरानी व प्रसिद्ध है, इसी प्रकार से पुराने स्कूलों में भी एक प्रार्थना पाठ्यक्रम में चलती है। इंसान भले ही धार्मिक कम हो लेकिन जब वह किसी तकलीफ में होता है तो अपने परमात्मा या मालिक से प्रार्थना जरूर करता है तभी उसे संतुष्टि का सुकून मिलता है यही सच है। उस मालिक के लिए हर धर्म के अंदर प्रार्थना है वह प्रार्थना किस प्रकार से कहीं गई है यह समझने का प्रयास इस पुस्तक में किया गया है कृपया इसे पढ़ें और और यदि आपकी जानकारी में और कोई प्रार्थना हो तो कृपया अवगत कराएं धन्यवाद,

आपका - अब्दुल वहीद, बाराबंकी

Date - 21/12/2022.

स्कूल के पाठ्यक्रम में प्रसिद्ध प्रार्थना

जिसने सूरज चाँद बनाया
जिसने सूरज चाँद बनाया
जिसने तारों को चमकाया
जिसने फूलों को महकाया
जिसने चिड़ियों को चहकाया
जिसने सारा जगत बनाया
हम उस ईश्वर के गुण गायें
उसे प्रेम से शीश झुकायें ।

ऐ मालिक
तेरे बंदे हम

लता मंगेशकर द्वारा गाया, बॉलीवुड का एक प्रसिद्ध गीत (प्रार्थना)-

ऐ मालिक तेरे बंदे हम
ऐसे हो हमारे करम
नेकी पर चलें और बदी से टलें
ताकि हंसते हुये निकले दम
जब ज़ुल्मों का हो सामना
तब तू ही हमें थामना
वो बुराई करें हम भलाई भरें
नहीं बदले की हो कामना
बढ़ उठे प्यार का हर कदम
और मिटे बैर का ये भरम
नेकी पर चलें ...
ये अंधेरा घना छा रहा
तेरा इनसान घबरा रहा
तेरा इनसान घबरा रहा
हो रहा बेखबर कुछ न
आता नज़र सुख का
सूरज छिपा जा रहा है
तेरी रोशनी में वो दम
जो अमावस को कर दे
पूनम नेकी पर चलें ...
बड़ा कमज़ोर है आदमी
अभी लाखों हैं इसमें कमीं
पर तू जो खड़ा है दयालू बड़ा
तेरी कृपा से धरती थमी
दिया तूने जो हमको जनम
तू ही झेलेगा हम सबके ग़म
नेकी पर चलें ....

इस्लाम धर्म की प्रार्थना

Al-Fatihah 1:1-7

(1) अल्लाह के नाम से जो बड़ा कृपालु और अत्यन्त दयावान हैं।

(2) प्रशंसा अल्लाह ही के लिए हैं जो सारे संसार का रब हैं

(3) बड़ा कृपालु, अत्यन्त दयावान हैं

(4) बदला दिए जाने के दिन का मालिक हैं

(5) हम तेरी बन्दगी करते हैं और तुझी से मदद माँगते हैं

(6) हमें सीधे मार्ग पर चला

(7) उन लोगों के मार्ग पर जो तेरे कृपापात्र हुए, जो न प्रकोप के भागी हुए और न पथभ्रष्ट

तफ़सीर इब्न कथिर

सूरह: 1. अल-फ़ातिहा -श्लोक: 5

पूजा और आपकी सहायता से सावधान रहें जो हम चाहते हैं

उन्होंने "तुमसे सावधान" से 'या' पर जोर देकर सात और बहुमत का पाठ किया, और अम्र बिन फ़याद ने इसे कसरा के साथ कमजोर बनाकर पढ़ा, जो एक अनियमित पाठ है जिसे अस्वीकार कर दिया गया है। क्योंकि मैं सूर्य का प्रकाश हूं. उनमें से कुछ ने पढ़ा: हमज़ा खोलने और या पर जोर देने से सावधान रहें, और उनमें से कुछ ने पढ़ा: हमज़ा के बजाय हमज़ा खोलने से सावधान रहें, जैसा कि कवि ने कहा:

इसलिए ऐसे मामले से सावधान रहें जिसके संसाधन असंख्य हैं, उसके स्रोत आपके लिए संकीर्ण होंगे

हम याह्या बिन वाथाब और अल-अमाश को छोड़कर सभी को पढ़ने में शब्द की शुरुआत में फतह-नून का उपयोग करते हैं, क्योंकि उन्होंने इसे तोड़ दिया है, और यह बानी असद, रबीआ, बानी तमीम और क़ैस की भाषा है। भाषा में, पूजा विनम्रता से ली गई है। ऐसा कहा जाता है: एक पक्की सड़क, और एक पक्का ऊँट, जिसका अर्थ है: अपमानित, और शरिया में: यह एक अभिव्यक्ति है जो प्रेम, समर्पण और भय की पूर्णता को जोड़ती है।

उन्होंने प्रभाव का परिचय दिया, जो "सावधान" है, और दोहराया: ध्यान और सीमा के लिए, अर्थ: हम आपके अलावा किसी की पूजा नहीं करते हैं, और हम आपके अलावा किसी पर भरोसा नहीं करते हैं, और यह आज्ञाकारिता की पूर्णता है। धर्म पूरी तरह से इन दो अर्थों के कारण है, और जैसा कि कुछ पूर्ववर्तियों ने कहा है:

अल-फ़ातिहा कुरान का रहस्य है, और इसका रहस्य यह शब्द है: (आपकी हम पूजा करते हैं और आप से हम मदद चाहते हैं) [अल -फ़ातिहा]।

हिन्दू धर्म की प्रार्थना

तत् सवितुर्वरेण्यं। भर्गोदेवस्य धीमहि। धियो यो न: प्रचोदयात्। (ऋग्वेद ३,६२,१०)

गायत्री ध्यानम्

मुक्ता-विद्रुम-हेम-नील धवलच्छायैर्मुखस्त्रीक्षणै-
र्युक्तामिन्दु-निबद्ध-रत्नमुकुटां तत्त्वार्थवर्णात्मिकाम् ।
गायत्रीं वरदा-ऽभयः-ङ्कुश-कशाः शुभ्रं कपालं गुण।
शंख, चक्रमथारविन्दुयुगलं हस्तैर्वहन्तीं भजे ॥

अर्थात् मोती, मूंगा, सुवर्ण, नीलम्, तथा हीरा इत्यादि रत्नों की तीक्ष्ण आभा से जिनका मुख मण्डल उल्लसित हो रहा है। चंद्रमा रूपी रत्न जिनके मुकुट में संलग्न हैं। जो आत्म तत्व का बोध कराने वाले वर्णों वाली हैं। जो वरद मुद्रा से युक्त अपने दोनों ओर के हाथों में अंकुश,अभय, चाबुक, कपाल, वीणा,शंख,चक्र,कमल धारण किए हुए हैं ऐसी गायत्री देवी का हम ध्यान करते हैं।(डा.राममिलन मिश्र)।

गायत्री महामन्त्र

ॐ भूर् भुवः स्वः।
तत् सवितुर्वरेण्यं।
भर्गो देवस्य धीमहि।
धियो यो नः प्रचोदयात् ॥

अर्थ -

उस प्राणस्वरूप, दुःखनाशक, सुखस्वरूप, श्रेष्ठ, तेजस्वी, पापनाशक, देवस्वरूप परमात्मा को हम अपनी अन्तरात्मा में धारण करें। वह परमात्मा हमारी बुद्धि को सन्मार्ग में प्रेरित करे।

न तत्र सूर्यो भाति न चन्द्रतारकम् नेमा विद्युतों भान्ति कुतो अयमाग्निः । तमेव भान्तमनुभाति सर्वम् तस्य भासा सर्वमिदं विभाति ॥ वहां सूर्य नहीं चमकता , न तो चन्द्र और तारे ही , न तो वे बिजलियां ही चमकती हैं , अग्नि की तो बात ही क्या , वह केवल वह चमकता है , उसके चमकने से सभी देदीप्यमान हो उठते हैं , यह उसकी आभा ही है जो सभी को प्रकाशित कर देती है । (कठोपनिषद् ५-१५)

बौद्ध धर्म की प्रार्थना

सचितपरियोदपनं एवं बुद्धाण सासनं ।। समस्त पापों से बचना , कल्याण की अभिवृद्धि करना , अपना चित्त शुद्ध रखना , यही बुद्ध की शिक्षा है ।
प्राणिमात्र के कल्याण के लिए प्रार्थना
सब्बे सत्ता सुखी होन्तु , सब्बे होन्तु च खेमिनो , सब्बे भद्राणि पस्सन्तु , मा कञ्चिच दुःखमागमा । " समस्त प्राणी सुखी रहें और कुशल से रहें , सभी अपने भले की देख - भाल कर सकें और किसी को कोई दुःख न व्यापे । "

जैन धर्म की प्रार्थना

जह ते ण पियं दुक्खं तहेव तेसि पि जाण जीवाणं । एवं गच्चा अप्पोवमिश्रो जीवेसु होहि सदा ॥ जीववहो अप्पवहो जीव दया होदि श्रप्सणो हुदया । विसंकटकोव्य हिंसा परिहरिदव्वात दो होदि ।। श्राय तुले पयासु , मेत्तिं भुस्सुकप्पए । सम्वपाणा नं होलियन्वा न निदियवा ॥ जैसे तुम दुःख नहीं चाहते , वैसे ही प्रन्य समस्त जीव भी दुख नहीं चाहते । इस बात को भली - भांति ध्यान में रखते हुए दूसरों से वैसा ही व्यवहार करो जैसा कि तुम दूसरों से अपने प्रति चाहते हो । किसी जीव की हत्या करना आत्महत्या करना है तथा सभी जीवों पर दया करना स्वयं पर दया करना है । अतः हिंसा से उसी प्रकार दूर रहो जैसे कि विष अथवा कांटे से दूर रहा जाता है । सभी जीवों को अपने जैसा समझो | सभी जीवों से मंत्री - भाव रखो । किसी का भी अपमान मत करो और न किसी की निन्दा करो ।

ज्ञानोदय लिये प्रार्थना : --

मैं उन जिनेन्द्र भगवान को नमन करता हूं जिन्होंने भय पर , सभी कष्टों , दुःखों , ऐन्द्रिय वेदनाओं , कामवासना , मनोविकारों , आसक्तियों , लोभ तथा मोह और सुख दुःख पर विजय पा ली है । मेरे दुखों का निवारण हो और कर्मबन्धन से मेरा पूर्ण तथा छुटकारा हो । मुझे बोध प्राप्त हो तथा मेरी मृत्यु शान्तिपूर्ण हो । हे प्राणि मात्र का कल्याण करने वाले जिनेन्द्र भगवान ! आपके चरणों में मुझे श्राश्रय , सुखद शरण प्राप्त हो !

सिख धर्म की प्रार्थना

साहस के लिये प्रार्थना "

देहु शिवा बर मोहि इहैं शुभ करमन ते कबहूँ न टरों । न डरों अरि सौं जब जाए लरों , निसंचै कर अपनी जीत करों । अरि सिख हौं अपने ही मन को एह जीत लालच है गुनत उचरों । जब आवकी औध निदान बने , प्रति ही रन में तब जूझ मरों " ।

यहूदी धर्म की प्रार्थना

पृथ्वी और जो कुछ उसमें है , यहोवा ही है , जगत् और उसमें निवास करनेवाले भी ;
क्योंकि , उसी ने उसकी नींव समुद्रों के ऊपर दृढ़ करके रखी , और महानदों के ऊपर
स्थिर किया है , यहोवा के पर्वत पर कौन चढ़ सकता है ? और उसके पवित्र स्थान में
कौन खड़ा हो सकता है ?
जिसके काम निर्दोष हैं , हृदय शुद्ध है , जिसने अपने मन को व्यर्थ बातों की ओर
नहीं लगाया , और न कपट से शपथ खाई है , वह यहोवा की ओर से आशीष पाएगा
और अपने उद्धार करनेवाले परमेश्वर की ओर से धर्मात्मा ठहरेगा । "

परख कर देखो कि यहोवा कैसा भला है । धन्य है वह पुरुष , जो उसकी शरण लेता है । हे यहोवा के पवित्र लोगो , उसका भय मानो । अपनी जीभ को बुराई से रोक रख , अपने मुँह की चौकसी कर कि उससे छल की कोई बात न निकले ; बुराई को छोड़ और भलाई कर , मेल को ढूँढ़ और उसी का पीछा कर । यहोवा की आँखें धर्म करनेवालों पर लगी हैं । "

ताओ धर्म की प्रार्थना

ताओ धर्म में सबसे अधिक जोर दिया जाता है ताओपर । कै है वह ताओ ?

महान् ताओ सर्वव्यापी है । वह इस पार भी है , उस पार भी । सारे जीव उसीसे जीते हैं । वह सबकी खोज - खबर लेता रहता है । कार्य भी वही करता है , पूरा भी वही करता है । पर , उसके फलको छूतातक नहीं । प्रेमसे वह सबको लपेटे रहता है । प्रेमसे वह सबका पोषण करता है । " पर अपने में श्रेष्ठताकी गंध भी नहीं आने देता । उसे कोई महत्त्वाकांक्षा नहीं । कोई इच्छा नहीं ।

ताओ तेह किंगमें कहा है

१. ताओ अकथनीय वाणोसे जो ' ताओ ' कहने में आता है , सचमुच वह ' ताओ ' नहीं है । (ताओ अनुभवको चीज है , कहनेको नहीं ।) जिस गुणका नाम लिया जा सके , वह उसका सही लक्षण नहीं है । पृथ्वी और स्वर्गसे पहले जो था , वह ' अव्यक्त ' है । ' असीम और अनादि ताओ असीम है । उसीकी अगाधतासे सब कुछ पैदा होता है । वह कोनेदार चीजको गोल बनाता है । वह मेल - मिलावटसे व्यवस्था खड़ी करता है । वह चमकनेवाली चीजको अपने तेजसे चौंधिया देता है । वह अनासक्त होता है । कोई नहीं जानता कि वह किससे पैदा हुआ । वह ईश्वरसे भी पुराना है । अग्राह्य और अचिन्त्य ताओ अग्राह्य है । उसे ग्रहण नहीं किया जा सकता । ताओ अचिन्त्य है । उसका ठीक - ठीक चिन्तन नहीं हो सकता । उस अग्राह्य ओर अचिन्त्य ताओका अनुसरण हो महान् धर्म है । वह अग्राह्य , अचिन्त्य है , फिर भी उसका आकार है । वह अग्राह्य , अचिन्त्य है , फिर भी उसमें सारी वस्तुएँ समायी हैं । १ , २. ताओ उपनिषद् १ ; ४ ।

वह अनादिकालसे है , फिर भी उसका स्वभाव ज्यों - का - त्यों है । वह सभी चीजोंका आदिकारण है । उसे मैं कैसे जानूं ? ताओसे मुझे उसका ज्ञान होता है । "

अनाम और सरल स्वयंसिद्ध ताओ अनाम है । उसका कोई नाम नहीं है । उसकी मौलिक सरलता साधारण है , फिर भी दुनिया उसमें ओछेपनकी कल्पना नहीं करती ।

प्रशंसाको वह दूरसे ही टालता जायगा । सम्मानकी वह जड़ काट देगा । समुद्र और नदियोंके लिए जैसे घाटियाँ हैं , वैसे ही दुनिया के लिए ताओ है । पूर्ण है यह , पूर्ण है वह महान ताओ सर्वव्यापी है । एक ही समय वह इस पार रहता है , उस पार भी । सारे जीव उसीके कारण जीते हैं । वही सबकी खोज - खबर लेता है । वही कार्य करता है । वही पूर्णतातक पहुँचाता है । फल वह छूतातक नहीं । प्रेमसे वह सबका पोषण

करता है । ऐसा करने में वह श्रेष्ठताकी गंध भी नहीं आने देता । उसे महत्वाकांक्षा नहीं , किसी प्रकारकी कामना नहीं 12 सुनता है , तो उसके पीछे चलता है ।

सर्वधर्म प्रार्थना

हे सब धर्मों के श्रादिदेव हे अखिल विश्व के प्रतिपालक । हे श्रात्म - शक्ति के महापुंज हे जगतपिता जगसंचालक । दे हमें वेदव्रत का साहस दे हमें बुद्ध का महाज्ञान भर हममें ईसा का ममत्व दे हमें मुहम्मद का ईमान कन्फ्यूशस , ताम्रो , महावीर जरथुस्त्र , मूसा , नानक , कबीर । हम मनन , प्रचार , प्रसार करें वचनामृत जो कह गये पीर । सम्मान करें हम गीता का बाइबिल , कुरान , श्रमपद का । गुरुग्रंथ , त्रिपिटक , अवेस्ता का हर धर्म और हर मज़हब का । पारसी बहाई बौद्ध जैन हिंदू मुस्लिम सिख ईसाई । हो सर्वधर्म समभाव सरस मानव मानव हैं सब भाई । डा ० दाऊजी

जरथुष्ट्र (जोरोआस्ट्र, (पारसी) धर्म की प्रार्थना

अशॅम बॉहू वहिश्तेम प्रस्ती उश्ता अस्ती उस्ता ग्रहमाय हयत अषाई दहिश्ताई प्रभ ।
सर्वोत्तम शुभ अशा प्राशीष प्राप्त है यह महानतम सुख है , वह जो अशा का अनुसरण
उसी के लिए करता सदैव सुखी रहता है । खश्नाथ रहे मजदाश्रो नेमसेते प्रत
मजदाश्रो अहुरहे हुधाओ मजिस्त यजत । अहुर मज्दा के प्रति हमारी स्तुति है तेरे
प्रति (हमारा) नमन् , हे अहुर मज्दा के अग्नि (आतर) तू कल्याणकारी और
सर्वोच्च प्रात्मा है ।

ईसाई धर्म की प्रार्थना

पिता और पुत्र और पवित्रात्मा के नाम पर । आमीन । '
हे हमारे पिता , जो स्वर्ग में है , तेरा नाम पवित्र माना जावे , तेरा राज्य आवे , तेरी इच्छा जैसे स्वर्ग में है , वैसे पृथ्वी पर भी होवे । हमारा प्रतिदिन का आहार आज हमें दे , और हमारे अपराध क्षमा कर जैसे हम भी अपने अपराधियों को क्षमा करते हैं , और हमें परीक्षा में न डाल परन्तु बुराई से बचा , आमीन । पिता , पुत्र और पवित्रात्मा की बड़ाई होवे जैसे आदि में थी , अब है और अनन्त काल तक सदा रहेगी , आमीन । "

बहाई धर्म की प्रार्थना

मैं साक्षी देता हूं हे मेरे ईश्वर , कि तुझे जानने और तेरी आराधना करने हेतु तूनें मुझे उत्पन्न किया है । मैं इस क्षण अपनी शक्ति हीनता एवं तेरी शक्तिमानता , अपनी दरिद्रता तथा तेरी सम्पन्नता का साक्षी हूं । तेरे अतिरिक्त अन्य कोई ईश्वर नहीं , तू ही है संकटों में सहायक , स्वयंजीवी । -- बहाउल्लाह

एकता के लिए प्रार्थनायें

१ हे मेरे प्रभु , मेरे परमेश्वर ! अपने सेवकों के हृदयों को एक कर , और उन पर अपमहान उद्देश्य प्रकट कर । ऐसा वरदान दे कि ये तेरी आज्ञाओं का पालन कर सकें तथा तेरे नियमों पर चल सकें । हे प्रभु , उनके प्रयत्नों में उनकी सहायता कर , और उन्हें इतनी शक्ति दे कि वे तेरी सेवा कर सकें ।

हे ईश ! उन्हें बेसहारा न छोड़ बल्कि उनका मार्गदर्शन ज्ञान के प्रकाश से कर , और उनके अंतःकरणों को अपने प्रेम से भर । वस्तुत : तू उनका सहायक तथा स्वामी है । -बहाउल्लाह २ हेदयालु स्वामी ! तूने संपूर्ण मानव जाति को एक तत्व से उत्पन्न किया है । तेरी आज्ञा के अनुसार सभी एक ही परिवार के सदस्य है । तेरे समक्ष वे सेवक है और संपूर्ण मानव जाति तेरे महान वितान के नीचे शरण पाये । सभी तेरी कृपा की चौकी के नीचे एकवित हुए हैं और तेरी दिग्ध परिधि के प्रकाश से प्रकाशित है ।

हे प्रभु , तू सभी के प्रति दयालु है , तू सभी का पालक है , सब को शरण प्रदान करता हैं , और सभी को जीवन देता है । तूने ही सब को प्रतिभा तथा मनोबल दिये हैं , और सभी तेरी यदा के सागर में मिल जाते हैं । कर , हे करुणामय स्वामी ! सभी को एकता के सूत्र में बाँध , धर्मो में सहमति स्थापित और सभी शब्दों को एक कर ताकि एक घर बन सके । वे एक ही परिवार जैसे बन सकें और संपूर्ण पृथ्वी को एक ऐसा वरदान दे कि सभी सद्भावना और एकता के साथ रह सकें । हे प्रभु , मनुष्य जाति में एकता की पताका ऊँची कर । हे परमात्मा मानव हृदयों को मिलाकर एक कर दे ।

उल्लासित - हे दयालु प्रभु , हे परमपिता अपने प्रेम से हमारे हृदयों को आनन्द विभोर कर अपने मार्गदर्शन को ज्योति द्वारा नेत्रों को प्रकाश प्रदान कर , अपनी सुमधुर वाणी से हमारे कानों को आनन्द प्रदान कर , और छत्रछाया में शरण प्रदान कर । तू शक्तिशाली , बलशाली है । तू क्षमा शील है तथा मानव जाति के दोषों के प्रति उदासीन है । -अब्दुल बहा

महात्मा गांधी की प्रार्थना

हे नम्रता के सम्राट् ! दीन भंगी की हीन कुटिया के निवासी ! गंगा यमुना और ब्रह्मपुत्र के जलों से सिंचित इस सुन्दर देश में तुझे सब जगह खोजने में हमें मदद दे ; हमें ग्रहणशीलता और खुला दिल दें ; तेरी अपनी नम्रता दे ; हिन्दुस्तान की जनता से एकरूप होने की शक्ति और उत्कंठा दे । हे , भगवन् ! तू भी मदद के लिए आता है , जब मनुष्य शून्य बन कर , तेरी शरण लेता है । हमें वरदान दे कि सेवक और मित्र के नाते जिस जनता की . हम सेवा करना चाहते हैं , उससे कभी अलग न पड़ जायें । हमें त्याग , नम्रता , भक्ति और नम्रता की मूर्ति बना , ताकि , इस देश को हम ज्यादा . समझें और ज्यादा चाहें ।

(महात्मा गाँधी)

ड्रूज धर्म की प्रार्थना

"ईश्वर की अवधारणा पर, हमजा इब्न अली ने लिखा
यदि मानव मस्तिष्क को बिना किसी परिचय और क्रम के ईश्वर का ज्ञान दिया जाए, तो वे मानव मस्तिष्क बेहोश हो जाएंगे और गिर जाएंगे।

...पूर्ण अक़्ल के प्रवर्तक। उन्होंने वस्तुतः सभी सृजित प्राणियों को इसके भीतर बांध दिया, ताकि इसके बाहर कुछ भी न हो।

पुनर्जन्म और सार्वभौमिक आत्मा की अवधारणा पर, बहाउद्दीन ने लिखा
हे तुम जो विचलित हो, वह जो अपने भौतिक साधनों से रहित है, वह ज्ञान कैसे प्राप्त कर सकता है?
हे तुम जो लापरवाह हो, वह जो अपनी कामुक क्षमता को त्याग देता है, वह अज्ञानता को कैसे प्राप्त कर सकता है?
और हे तुम जो भ्रमित हो, आत्माएँ अपने आप कैसे अस्तित्व में रह सकती हैं?
और वे अपने मूल में कैसे बस सकती हैं, और फिर भी जीवन जी सकती हैं और अपने सुख प्राप्त कर सकती हैं?

नास्तिकता की अवधारणा पर, बहाउद्दीन ने तर्क दिया
अस्तित्व में विश्वास करना अस्तित्व को नकारता है। यह एक ऐसा मार्ग है जो अविश्वास की ओर ले जाता है, नास्तिकता और इनकार।

ज्ञान के पत्रों की गोपनीयता के बारे में, हमजा इब्न अली ने लिखा
ईश्वरीय ज्ञान को उन लोगों से सुरक्षित रखें जो इसके लायक नहीं हैं और इसे उन लोगों से न रोकें जो इसके लायक हैं।
जो ईश्वरीय ज्ञान को उन लोगों से रोकता है जो इसके लायक हैं, वह वास्तव में उस चीज़ का अपमान करेगा जो उसे सौंपी गई है और अपने धर्म के खिलाफ़ अपवित्रता करेगा;
और जो इसे उन लोगों को बताता है जो इसके लायक नहीं हैं, उसका विश्वास सत्य का पालन करने से विचलित हो जाएगा।
इसलिए शास्त्र को उन लोगों से सुरक्षित रखा जाना चाहिए जो इसके लायक नहीं हैं।

हालाँकि उन्होंने टिप्पणी की
हमारे प्रभु की एकता के ज्ञान की मदद से अज्ञानता से खुद को बचाओ...

ईश्वर की एकता और मन की शांति और संतोष (रिदा) की स्थिति में रहने और सच्चे प्यार का ज्ञान पाने के संबंध में, हमजा इब्न अली ने संदेश छोड़ा
मैं तुम्हें अपने साथियों की रक्षा करने का आदेश देता हूँ। उनकी रक्षा करने में आपका विश्वास पूर्णता तक पहुँचता है।"

" नास्टिक प्रार्थना

सुबह की प्रार्थना
पिता, पुत्र और पवित्र आत्मा के नाम पर। आमीन।

जागने पर, स्वर्गीय पिता, मैं आपकी स्तुति गाता हूं और मैं आपसे फिर से विश्वास के साथ वह प्रार्थना कहने का साहस करता हूं जो दिव्य गुरु ने हमें सिखाई थी।

हमारे पिता जो युगों की गहराई में हैं, आपके पवित्र लोगो और मसीह को पूरे ब्रहमांड में समझा और पूजा जा सकता है; आपकी पवित्र आत्मा का राज्य हमारे पास आ सकता है, आपकी इच्छा पृथ्वी पर भी पूरी हो सकती है जैसे स्वर्ग में होती है। आज हमें हमारा आध्यात्मिक भोजन, हमारे शरीर के लिए रोटी कमाने की शक्ति और साहस दें। हमें अपने नियमों से विचलित होने के लिए क्षमा करें, जैसे हमारी सभा पश्चाताप करने वाले पापियों को क्षमा करती है। हमारी कमजोरी में हमारा समर्थन करें ताकि हम अपने जुनून से दूर न हों और हमें आर्कन के भ्रामक मृगतृष्णाओं से बचाएं। क्योंकि हमारे पास आपके प्यारे बेटे मसीह हमारे उद्धारकर्ता के अलावा कोई दूसरा राजा नहीं है, जिसका राज्य, विजय और महिमा हमेशा के लिए। आमीन।

हे प्रभु, हे दिव्य प्रचारक, मेरी प्रार्थना सुनो, मेरी प्रार्थना सुनो; मुझे सुबह से ही अपनी दया की आवाज़ सुनने दो, क्योंकि यह तुम्हारे हाथों में है जिसे मैं सौंपता हूँ। मैं तुम्हारी पूजा करता हूँ, तुम्हारी प्रशंसा करता हूँ, मैं सुबह से ही तुम्हें धन्यवाद देता हूँ।

मैं तुम्हारा धन्यवाद करता हूँ कि तुमने मुझे रात के दौरान सभी खतरों और सभी बुराइयों से बचाया जो मुझे नुकसान पहुँचा सकती थीं और जिनसे तुमने मुझे अपनी सुरक्षा से ढक दिया है। इस दिन के दौरान, मेरा सहारा, मेरी ताकत, मेरी शरण, मेरा उद्धार और मेरी सांत्वना बने रहो। आमीन।

हे मेरे पिता, मैं उन सभी अच्छी चीज़ों के लिए तुम्हारा धन्यवाद करता हूँ जो मुझे अब तक तुमसे मिली हैं। यह तुम्हारी भलाई का प्रभाव है कि मैं यह दिन देख रहा हूँ; मैं इसका उपयोग तुम्हारी सेवा करने के लिए करना चाहता हूँ। मैं अपने सभी विचार, शब्द, कर्म और दुख तुम्हें समर्पित करता हूँ। हे मेरे परमेश्वर, उन्हें आशीर्वाद दो, ताकि कोई भी ऐसा न हो जो तुम्हारे प्रेम से सक्रिय न हो और जो तुम्हें महिमा न दे। आमीन।

पिता, पुत्र और पवित्र आत्मा के नाम पर। आमीन।

(फ्रांसीसी ग्नोस्टिक चर्च के प्रयोग से अपनाया गया)

मंडियन प्रार्थना

उथरा द्वारा आदम का निर्देश
नींद में न सोओ और न सोओ,
और जो तुम्हारे प्रभु ने तुम्हें आज्ञा दी है उसे मत भूलना।
घर, संसार का बेटा न बनो,
और तिबिल में दोषी व्यक्ति के रूप में नामित न हो।
सुगंधित पुष्पमालाओं से प्रेम न करो,
और मोहक स्त्री से प्रेम न करो।
सुगंध से प्रेम न करो,
और रात की प्रार्थना की उपेक्षा मत करो।

 विश्वासघाती आत्माओं और मोहक वेश्याओं से प्रेम मत करो। वासना और झूठे प्रेतों से प्रेम मत करो। शराब मत पीओ और नशे में मत रहो और अपने विचारों में अपने स्वामी को मत भूलो। अपने आने और जाने में सावधान रहो अपने स्वामी को मत भूलो। अपने आने और जाने में सावधान रहो अपने स्वामी को मत भूलो। अपने बैठने और खड़े होने में सावधान रहो अपने स्वामी को मत भूलो। अपने आराम करने और लेटने में सावधान रहो

अपने स्वामी को मत भूलो। यह मत कहो कि मैं ज्येष्ठ पुत्र हूँ, मैं जो कुछ भी करता हूँ उसमें मूर्खता से सुरक्षित हूँ। एडम, दुनिया को देखो जो पूरी तरह से अवास्तविक चीज़ है। यह एक अवास्तविक चीज़ है, जिस पर तुम भरोसा नहीं कर सकते।
(गिन्ज़ा आरबीए से, हंस जोनास, द ग्नोस्टिक धर्म, पृष्ठ 84 एन 32 भी देखें)

नेस्टोरियन प्रार्थना

एम.जे.बिरनी द्वारा अरामी से अनुवाद

हमारे प्रभु यीशु मसीह की शक्ति से हम लिखना शुरू करते हैं

प्रेरितों के पवित्रीकरण का आदेश

जिसे

मार अडाई और मार मारी, धन्य प्रेरितों द्वारा रचित किया गया था

हमारे प्रभु, अपनी दया में मेरी सहायता करें, आमीन

सबसे पहले

पुजारी शुरू करता है: पिता, और पुत्र, और पवित्र आत्मा के नाम पर हमेशा के लिए। उच्च पर परमेश्वर की महिमा तीन बार दोहराएँ, और पृथ्वी पर शांति और मनुष्यों के लिए हमेशा और हमेशा के लिए एक अच्छी आशा, आमीन।

और फिर स्वर्ग में हमारे पिता, आपका नाम पवित्र हो। आपका राज्य आए। पवित्र, पवित्र, आप पवित्र हैं, स्वर्ग में हमारे पिता, क्योंकि स्वर्ग और पृथ्वी आपकी महिमा की भव्यता से भरे हुए हैं। देवदूत और मनुष्य आपको पुकारते हैं, पवित्र, पवित्र, आप पवित्र हैं। स्वर्ग में रहने वाले हमारे पिता, आपका नाम पवित्र माना जाए। आपका राज्य आए। आपकी इच्छा पृथ्वी पर भी पूरी हो, जैसे स्वर्ग में होती है। आज हमें हमारी आवश्यक रोटी दे, और जैसे हम अपने देनदारों को क्षमा करते हैं, वैसे ही हमें हमारे कर्ज क्षमा कर। और हमें परीक्षा में न डाल, परन्तु हमें दुष्ट से बचा। क्योंकि राज्य, और शक्ति, और महिमा युगानुयुग तेरे ही हैं, आमीन। पिता, और पुत्र, और पवित्र आत्मा की महिमा अनादि काल से अनन्त तक हो, आमीन और आमीन। स्वर्ग में रहने वाले हमारे पिता, आपका नाम पवित्र माना जाए। आपका राज्य आए। पवित्र, पवित्र, आप पवित्र हैं, स्वर्ग में रहने वाले हमारे पिता, रविवार और पर्वों के लिए: हमारे प्रभु और हमारे परमेश्वर, अपनी करुणा में हमारी दुर्बलता में हमें बल प्रदान कर, कि हम पवित्र रहस्यों का प्रशासन कर सकें, जो हमारे दुर्बल स्वभाव के नवीनीकरण और उद्धार के लिए, आपके प्रिय पुत्र, हे सबके प्रभु, पिता, पुत्र और पवित्र आत्मा की दया के द्वारा सदा के लिए दिए गए हैं।

दूसरा, प्रभु के पर्वों के लिए: हमारे प्रभु और हमारे परमेश्वर, उन लोगों को बल प्रदान कर, जो तेरे नाम पर सच्चाई से विश्वास करते हैं, और जो सचमुच बिना किसी विकृति के अंगीकार करते हैं, कि वे पवित्रता से क्षमा करने वाले रहस्यों का प्रशासन कर सकें, जो उनकी आत्मा और शरीर को पवित्र करते हैं। वे दाग-धब्बों से साफ़ दिल और दिमाग के साथ और अपवित्र विचारों से दूर होकर सम्मानपूर्वक आपकी सेवा

करें। वे उस उद्धार के लिए निरंतर आपकी महिमा करें, जो आपने हमें अपनी कृपा की प्रचुर दया में सदा के लिए प्रदान किया है, हे सबके प्रभु, पिता, पुत्र और पवित्र आत्मा।और वे नियत मर्मिथ शुरू करते हैं, और फिर: शांति हमारे साथ हो।

स्मारकों और साधारण दिनों के लिए: आपके गौरवशाली त्रिदेवों के आदरणीय और तेजस्वी नाम की पूजा, प्रशंसा, सम्मान, महिमा, स्वीकारोक्ति और स्वर्ग में और पृथ्वी पर हर घंटे आशीर्वाद दिया जाए, हे सभी के प्रभु, पिता, पुत्र और पवित्र आत्मा हमेशा के लिए।

प्रार्थनाकंके के गान से पहले

रविवार के लिए: हे मेरे प्रभु, आपकी महिमा के गौरवशाली सिंहासन के सामने, और आपके सम्मान की ऊँची और ऊँची कुर्सी, और आपके प्रेम की कठोरता के भयानक न्याय आसन, और आपके निर्देश पर स्थापित क्षमा वेदी, और आपकी महिमा के निवास स्थान के सामने, हम, आपके लोग और आपके चरागाह की भेड़ें, हजारों करूबों के साथ, जो आपकी महिमा करते हैं, और दसियों हज़ार सेराफिम और महादूत, जो आपकी सेवा करते हैं, झुकते हैं, पूजा करते हैं, स्वीकार करते हैं, और हर घंटे आपकी महिमा करते हैं, हे सभी के प्रभु, पिता, पुत्र और पवित्र आत्मा हमेशा के लिए।दूसरा, प्रभु के पर्वों के लिए, मार एलिया तृतीय, कैथोलिकोस द्वारा: आपकी महानता के भयानक न्याय आसन के सामने, और आपके देवत्व के ऊंचे सिंहासन के सामने, और आपके सम्मान की सुशोभित कुर्सी के सामने, और आपके प्रभुत्व के गौरवशाली स्थान के सामने, जहां आपकी सेवा करने वाले, करूब, लगातार स्तुति गाते हैं, और जो आपकी महिमा करते हैं, सेराफिम, बिना रुके पवित्र गाते हैं, हम डर के मारे झुकते हैं, कांपते हुए पूजा करते हैं, और हर घंटे बिना रुके स्वीकार करते हैं और महिमा करते हैं, हे सभी के प्रभु, पिता, पुत्र और पवित्र आत्मा हमेशा के लिए।

स्मारकों के लिए: आपकी गौरवशाली त्रिमूर्ति का महान, भयानक, पवित्र, धन्य, अनुग्रहपूर्ण और समझ से परे नाम, और हमारी जाति के प्रति आपकी कृपा, हम हर घंटे स्वीकार करने, पूजा करने और महिमा करने के लिए बाध्य हैं, हे सभी के प्रभु, पिता, पुत्र और पवित्र आत्मा हमेशा के लिए।

फिर वे कांके का नियुक्त गान कहते हैं।

(जब प्रेस्बिटर बाहर जाता है, उसके हाथों पर क्रॉस होता है, और वह बेमा पर चढ़ता है, तो एक डीकन कहता है: हमारे साथ शांति हो।)

रविवार और पर्वों के लिए लखुमारा की प्रार्थना: हे हमारे प्रभु और हमारे ईश्वर, जब आपके प्रेम की सुगंध की सुखद सुगंध हम पर फैलती है, और हमारी आत्माएँ आपके सत्य के ज्ञान से प्रबुद्ध होती हैं, तो हम स्वर्ग से आपके प्रिय के रहस्योद्घाटन को प्राप्त करने के योग्य समझे जाएँ, और वहाँ हम आपकी मुकुटधारी कलीसिया में, सभी सहायता और सभी आशीर्वादों से भरे हुए, बिना रुके आपको स्वीकार करें और आपकी महिमा करें, क्योंकि आप सभी के प्रभु और निर्माता हैं, पिता, पुत्र और पवित्र आत्मा हमेशा के लिए।स्मारकों के लिए: आपके द्वारा हमारे प्रति की गई सभी सहायताओं और कृपाओं के लिए, जिनका हम भुगतान करने में असमर्थ हैं, हम आपकी ताजपोशी चर्च में, सभी सहायता और आशीर्वाद से भरे हुए, बिना रुके आपको स्वीकार करेंगे और महिमा देंगे, क्योंकि आप सभी के भगवान और निर्माता हैं, पिता और पुत्र और पवित्र आत्मा हमेशा के लिए।

(धूप की पेशकश के लिए: गौरवशाली त्रिमूर्ति के पूजनीय और तेजस्वी नाम में यह धूप जो हम चढ़ाते हैं, आपके सम्मान के लिए धन्य हो, और यह हमारी क्षमा के लिए हो, हे सुखद जड़ों और मीठी मसालों के निर्माता, हे सभी के भगवान, पिता, पुत्र और पवित्र आत्मा हमेशा के लिए।)

फिर जैसे एक डीकन धूपदान को चारों ओर ले जाता है: मसीह आपको अपने राज्य में प्रसन्न करे, और वह आपकी सेवकाई को अपनी करुणा की भलाई में स्वीकार करे। आमीन।

और वे आगे कहते हैं: हे प्रभु, हम आपका अंगीकार करते हैं और यीशु मसीह का गुणगान करते हैं, क्योंकि आप हमारे शरीरों को जीवन देते हैं और आप हमारी आत्माओं के उद्धारकर्ता हैं। - हे प्रभु, मैंने अपने हाथ पूरी तरह धोए हैं और आपकी वेदी की परिक्रमा की है। हे प्रभु, हम आपका अंगीकार करते हैं और यीशु मसीह का गुणगान करते हैं, क्योंकि आप हमारे शरीरों को जीवन देते हैं और आप हमारी आत्माओं के उद्धारकर्ता हैं। - पिता, पुत्र और पवित्र आत्मा की महिमा हो, सदा-सदा के लिए, आमीन और आमीन। हे प्रभु, हम आपका अंगीकार करते हैं और यीशु मसीह का गुणगान करते हैं, क्योंकि आप हमारे शरीरों को जीवन देते हैं और आप हमारी आत्माओं के उद्धारकर्ता हैं। -

एक उपयाजक: आइए प्रार्थना करें। हमारे साथ शांति बनी रहे।

प्रार्थना: सचमुच, मेरे प्रभु, आप हमारे शरीरों को जीवन देते हैं; आप हमारी आत्माओं के अच्छे उद्धारकर्ता हैं और आप निरंतर हमारे जीवन की रक्षा करते हैं। हे मेरे प्रभु, हम सभी के प्रभु, पिता, पुत्र और पवित्र आत्मा, हमेशा के लिए हर घंटे स्वीकारोक्ति, पूजा और महिमा करने के लिए बाध्य हैं।

एक उपयाजक: अपनी आवाज़ ऊँची करो, सभी, और जीवित परमेश्वर की महिमा करो।

वे जवाब देते हैं: पवित्र ईश्वर, पवित्र पराक्रमी, पवित्र अमर, हम पर दया करो। - पिता, पुत्र और पवित्र आत्मा की जय हो। पवित्र ईश्वर, पवित्र पराक्रमी, पवित्र अमर, हम पर दया करो। अनंत काल से अनंत काल तक, आमीन और आमीन। पवित्र ईश्वर, पवित्र पराक्रमी, पवित्र अमर, हम पर दया करो। -

पाठ से पहले प्रार्थना: आप जो पवित्र, गौरवशाली, शक्तिशाली और अमर हैं, जो संतों में निवास करते हैं और जिनकी इच्छा पूरी हो गई है, हे मेरे प्रभु, और हम पर दया करो और हम पर दया करो, जैसा कि आप हर घंटे करने के आदी हैं, हे सभी के प्रभु, पिता, पुत्र और पवित्र आत्मा हमेशा के लिए।

(जब पाठ का पाठक पुजारी या पुजारियों के मुखिया के पास आता है, तो वह उसे आशीर्वाद देता है और कहता है: भगवान सभी का भगवान आपको अपने पवित्र शिक्षण में बुद्धिमान बना सकता है, और उसकी दया और करुणा पाठकों और सुनने वालों पर हो सकती है। आप उन सभी के लिए एक चमकता हुआ दर्पण बनें जो आपके मुंह से शिक्षा के वचन पर ध्यान देते हैं और उसका पालन करते हैं, उसकी करुणा की दया के माध्यम से। आमीन।और जब पाठक कहता है: हे मेरे प्रभु, आशीर्वाद दें। वह उसे इस तरह से आशीर्वाद देता है: ईश्वर, सभी का स्वामी, आपको अपनी दया की दया के माध्यम से अपने पवित्र शिक्षण में मजबूत और बुद्धिमान बनाए। आमीन।)

फिर वे पाठ पढ़ते हैं और उचित शूरया जोड़ते हैं।
प्रेरित के समक्ष प्रार्थना।

हे हमारे प्रभु और हमारे परमेश्वर, हमारे विचारों के आवेगों को हमारे लिए प्रकाशित करें, ताकि हम आपके जीवनदायी और दिव्य आदेशों की मधुर ध्वनि पर ध्यान दें और उसे समझें। अपनी कृपा और दया में हमें उनसे लाभ प्राप्त करने की शक्ति प्रदान करें - प्रेम, आशा और मोक्ष, जो आत्मा और शरीर के लिए उपयोगी हैं। हे सबके प्रभु, पिता, पुत्र और पवित्र आत्मा, हम हर घड़ी बिना रुके आपकी स्तुति गाते रहें।

लेकिन स्मारकों और उपवास के दौरान (उपवास के रविवार को छोड़कर) वे प्रार्थना करते हैं:

हे बुद्धिमान नेता, आपके घराने और महान खजाने के अद्भुत पर्यवेक्षक, आपकी दया में हर सहायता और आशीर्वाद को भरपूर मात्रा में प्रदान करते हुए, हम आपसे प्रार्थना करते हैं, हे मेरे प्रभु, और दया करें और हम पर दया करें जैसा कि आप हर घड़ी करते हैं, हे सबके प्रभु, पिता, पुत्र और पवित्र आत्मा, हमेशा के लिए।

फिर वे प्रेरित को पढ़ते हैं। और जब प्रेरित को पढ़ने वाला उपयाजक कहता है: हे मेरे प्रभु, आशीर्वाद दें। पुजारी जवाब देता है: मसीह आपको अपनी पवित्र शिक्षा में बुद्धिमान बनाए, और आपको उन सभी के लिए एक चमकदार दर्पण बनाए जो आपकी ओर ध्यान देते हैं।

अब जब पुजारी बेमा से उतरता है और वेदी के द्वार पर आता है, तो वह और उपयाजक दोनों झुकते हैं, और उपयाजक कहता है: आइए प्रार्थना करें। हमारे साथ शांति हो।

और पुजारी धीरे से प्रार्थना करता है: आप, अपने पिता की महिमा की चमक और अपने जनक के सार की छवि, आप जो हमारी मानवता के शरीर में प्रकट हुए और चमके और अपनी महानता के ज्ञान के साथ तर्कसंगत प्राणियों को प्रबुद्ध किया, हे मेरे प्रभु, अपने सुसमाचार के प्रकाश से हमारी आत्माओं को प्रबुद्ध करें, और हमें अपने शास्त्रों पर ध्यान करने की अनुमति दें। हे सभी के प्रभु, पिता, पुत्र और पवित्र आत्मा, हम हमेशा के लिए आपकी जीवन देने वाली और दिव्य आज्ञाओं का नेतृत्व करें।

 (गाने वाले को उत्तर जब वह कहता है: हे मेरे प्रभु, आशीर्वाद दें। पुजारी उससे कहता है: ईश्वर, सभी के प्रभु, आपके विचारों की पुष्टि करें और आपके गायन को परिष्कृत करें, ताकि आप उनकी करुणा की भलाई के माध्यम से उनकी स्तुति गा सकें। आमीन।)

जब पुजारी सुसमाचार का दौरा करने जाता है: हे मसीह, दुनिया के प्रकाश और सभी के शाश्वत जीवन, आपको हमारे पास भेजने वाली अनन्त दया की जय हो। आमीन।

जब वह बाहर जाने के लिए इसे उठाता है: हमें अपने कानून में बुद्धिमान बनाओ और अपने ज्ञान से हमारे विचारों को प्रबुद्ध करो। अपनी सच्चाई से हमारी आत्माओं को पवित्र करो, और हमें अपने शब्दों का आज्ञाकारी होने और हर समय आपकी आज्ञाओं को पूरा करने की अनुमति दो, हे सभी के प्रभु, पिता, पुत्र और पवित्र आत्मा, हमेशा के लिए।

दूसरा: हे आप जो अपनी महानता के ज्ञान के साथ तर्कसंगत को प्रबुद्ध करते हैं, हे मेरे प्रभु, मेरे विचारों को प्रबुद्ध करें ताकि मैं हर समय आपके पवित्र और दिव्य शास्त्रों पर ध्यान कर सकूं, हे सभी के प्रभु, पिता, पुत्र और पवित्र आत्मा, हमेशा के लिए।

धूपदान के लिए: हे मेरे प्रभु, जब पापी मरियम ने आपके सिर पर सुगंधित तेल डाला था, उस समय जो मधुर सुगंध आप से आई थी, वह इस धूप के साथ मिल जाए जिसे हम आपके सम्मान में और हमारे ऋणों और पापों की क्षमा के लिए, हे सबके प्रभु, पिता, पुत्र और पवित्र आत्मा, सदा के लिए चढ़ाते हैं।

"चर्च ऑफ़ शैतान

चर्च ऑफ़ शैतान, 1960 के दशक में एंटोन सज़ांडर लेवी (1930-1997) द्वारा संयुक्त राज्य अमेरिका में स्थापित काउंटरकल्चर समूह, जिसका जन्म हॉवर्ड स्टैंटन लेवी के रूप में हुआ था। अपने नाम के विपरीत, चर्च ने "बुराई" को बढ़ावा नहीं दिया, बल्कि मानवतावादी मूल्यों को बढ़ावा दिया।

चर्च ऑफ़ शैतान चाहता है कि आप इन 'शैतान की पूजा करने वाले' कथित हत्यारों को शैतानवादी कहना बंद करें (जुलाई 25, 2024)

कार्निवल के एक पूर्व कार्यकर्ता, लेवी ने वर्षों में कई तरह की गुप्त और अनुष्ठान-जादू की शिक्षाओं को आत्मसात किया था, जिसे उन्होंने अपने द्वारा स्थापित चर्च के सिद्धांतों में शामिल किया था। वालपुरगीस्नाचट, या मई ईव (30 अप्रैल), 1966। अमेरिकी टेलीविजन और अन्य मीडिया कवरेज पर उनकी उपस्थिति ने शुरुआती धर्मांतरण को आकर्षित किया, हालांकि किसी भी समय कुछ हज़ार से ज़्यादा सदस्य कभी नहीं होते थे। लावे के सैन फ्रांसिस्को घर में आयोजित रंगीन अनुष्ठानों की रिपोर्ट - जिसे उन्होंने काले रंग से रंगा था - ने चर्च को खबरों में रखा; जेन मैन्सफील्ड और सैमी डेविस, जूनियर सहित कई मशहूर हस्तियां चर्च से जुड़ीं।

लावे ने द सैटेनिक बाइबल (1969) में चर्च की शिक्षाओं और अनुष्ठानों को निर्धारित किया। चर्च शैतान की पूजा ईसाई बुराई के अवतार या यहाँ तक कि एक मौजूदा प्राणी के रूप में नहीं करता था। इसके बजाय, लावे ने सिखाया कि "उनकी नरकीय महिमा" मानवतावादी मूल्यों का प्रतीक थी जैसे कि आत्म-पुष्टि, अन्यायपूर्ण अधिकार के खिलाफ विद्रोह, महत्वपूर्ण अस्तित्व और "निर्मल ज्ञान", लावे का बिना किसी त्रुटि के ज्ञान के लिए शब्द। अनुष्ठानों को साइकोड्रामा के रूप में डिज़ाइन किया गया था जो सदस्यों को अपने अहंकार को विकसित करने और विनम्र कमज़ोर लोगों के रूप में अपने जीवन को पीछे छोड़ने के लिए प्रोत्साहित करता था।

अनुष्ठानों में एक ब्लैक मास शामिल था, जिसमें एक नग्न महिला को वेदी के रूप में इस्तेमाल किया गया था।

चर्च के शुरुआती वर्षों के दौरान, लेवी ने संयुक्त राज्य भर में स्थानीय अध्यायों या ग्रोटो के गठन को अधिकृत किया। 1970 के दशक में कई विवाद हुए, जिसमें उनके एक प्रमुख लेफ्टिनेंट माइकल एक्विनो का दलबदल भी शामिल था, जिन्होंने प्रतिद्वंद्वी टेंपल ऑफ़ सेट की स्थापना की थी। इन विवादों के जवाब में, लेवी ने ग्रोटो को भंग कर दिया, लेकिन चर्च राष्ट्रीय मुख्यालय से जुड़े व्यक्तिगत सदस्यों के एक ढीले जुड़ाव के रूप में जारी रहा। 1997 में, लेवी की मृत्यु के बाद, ब्लैंच बार्टन चर्च के नेता बन गए।"

"20वीं सदी में कई नए धर्मों का उदय हुआ, जिनके अनुयायी खुद को शैतानवादी या लूसिफ़ेरियन कहते थे, हालाँकि शैतान या लूसिफ़र को एक व्यक्ति के रूप में समझने की उनकी समझ में काफ़ी भिन्नता थी। उदाहरण के लिए, कुछ लोगों ने इस बात पर ज़ोर दिया है कि वे लूसिफ़र की पूजा करते हैं, एक ऐसी इकाई जिसे वे शैतान से अलग मानते हैं, जबकि अन्य लोग दोनों नामों को एक ही प्राणी के पर्यायवाची मानते हैं। आधुनिक धार्मिक शैतानवादियों को मोटे तौर पर दो खेमों में विभाजित किया जा सकता है: नास्तिक या तर्कवादी, जिनके लिए शैतान/लूसिफर उन मूल्यों का प्रतीक है, जिनका वे समर्थन करना चाहते हैं, और अलौकिकवादी, जो शैतान/लूसिफ़र को एक ऐसे प्राणी के रूप में देखते हैं जो सचमुच मौजूद है और जिसकी वे पूजा करना चाहते हैं।

धार्मिक शैतानवाद 19वीं सदी की शुरुआत में रोमांटिक लेखकों और कलाकारों के काम में शैतान के बढ़ते सहानुभूतिपूर्ण पुनर्मूल्यांकन का बहुत बड़ा कारण है। पर्सी बिशे शेली, लॉर्ड बायरन और विक्टर ह्यूगो जैसे लोगों के लिए, शैतान एक वीर विद्रोही था, जिसने मनमाने अधिकार को चुनौती दी थी, और इस तरह से उसे कभी-कभी वामपंथी और एंटीक्लेरिकल समूहों (और कई दशकों) द्वारा प्रतीक के रूप में अपनाया गया था। बाद में कुछ रॉक संगीतकारों द्वारा)। इस पुनर्मूल्यांकन ने कई धार्मिक समूहों के उद्भव को बढ़ावा दिया जो 20वीं सदी के पहले भाग के दौरान सक्रिय रूप से शैतान या लूसिफ़र की पूजा करते थे, हालाँकि ऐसे समूह गुप्त मंडलियों के भीतर भी छोटे और सीमांत बने रहे।

"आधुनिक धार्मिक शैतानवाद का पहला प्रमुख रूप चर्च ऑफ शैतान था, जिसकी स्थापना 1966 में एंटोन लेवी ने सैन फ्रांसिस्को में की थी। लेवी ने पुस्तकों के माध्यम से भी अपने विचारों को बढ़ावा दिया, सबसे उल्लेखनीय रूप से द सैटेनिक बाइबल (1969)। लेवीयन शैतानवाद औपचारिक रूप से नास्तिक था, जो शैतान को एक वास्तविक प्राणी के रूप में नहीं बल्कि मानवता की पशु प्रकृति के प्रतीक के रूप में प्रस्तुत करता था। फिर भी इसने कुछ अलौकिक विचारों को स्वीकार किया, जैसे कि जादू में विश्वास, जिसमें लेवीयन शैतानवादी जादुई इरादे से अनुष्ठान करते थे। लेवी के विश्वास दक्षिणपंथी स्वतंत्रतावादी सिद्धांतों से प्रेरित थे और इस विचार पर जोर देते थे कि शैतानवादियों को खुद को सामान्य मानवता के "झुंड" से अलग एक कुलीन वर्ग के रूप में मानना चाहिए।

शैतानवाद

शैतान मंदिर के शैतानकॉन में उपस्थित व्यक्ति एक शर्ट पहने हुए है जो प्रेरणादायक नारे "लाइव, लाफ, लव" की पैरोडी करता है, बोस्टन, 28 अप्रैल, 2023। धार्मिक शैतानवाद की एक वैकल्पिक व्याख्या 2012 में संयुक्त राज्य अमेरिका में स्थापित शैतान मंदिर (TST) द्वारा पेश की गई थी। चर्च ऑफ शैतानवाद को साझा करते हुए शैतान के इस दावे के बावजूद कि शैतान का अस्तित्व नहीं है, TST ने लेवी के दक्षिणपंथी उदारवादी दर्शन को खारिज कर दिया और वामपंथी प्रगतिशील दर्शन को अपनाया। TST गर्भपात की कानूनी पहुँच और समलैंगिक विवाह के बचाव में स्टंट के लिए प्रसिद्ध हो गया, जिसने जानबूझकर अमेरिकी समाज के अधिकांश हिस्सों में ईसाई धर्म की आधिपत्यपूर्ण भूमिका को चुनौती दी। इसके सदस्यों ने एक सुसंगत विश्वदृष्टि की रूपरेखा तैयार की जिसमें शारीरिक स्वायत्तता और करुणा, सहानुभूति और तर्क को अपनाने के साथ-साथ किसी व्यक्ति के जीवन में प्रमुख घटनाओं को चिह्नित करने या अन्यायपूर्ण अधिकार के खिलाफ विद्रोह का जश्न मनाने के लिए अनुष्ठान करने पर जोर दिया गया।

इन नास्तिक समूहों के विपरीत, ऐसे आधुनिक शैतानवादी भी रहे हैं जो शैतान या लूसिफ़र को वास्तविक अस्तित्व मानते हैं। इस रुख को अपनाने वाले पहले संगठित समूहों में से एक, टेंपल ऑफ़ सेट, का गठन माइकल एक्विनो और लावे के चर्च के अन्य पूर्व सदस्यों द्वारा 1975 में किया गया था। चर्च ऑफ़ शैतान के

विपरीत, एक्विनो के मंदिर ने माना कि शैतान की असली पहचान सेट थी, जो प्राचीन मिस्र के देवताओं से लिया गया एक देवता था, इस प्रकार संगठन को उसके शैतानी मूल से दूर करके आधुनिक बुतपरस्ती की ओर ले गया। 20वीं सदी के अंत तक, बढ़ती संख्या में लोग खुद को आस्तिक शैतानवादी मानने लगे थे। ये व्यक्ति आम तौर पर एकांत में अभ्यास करने वाले होते थे, जो एक ही चर्च के सदस्य होने के बजाय इंटरनेट के माध्यम से एक-दूसरे से संवाद करते थे।

जबकि चर्च ऑफ़ शैतान और शैतानी मंदिर जैसे संगठनों ने आपराधिक गतिविधियों का समर्थन किए बिना शैतानवाद की उल्लंघनकारी छवि को अपनाया है, अन्य समूह अधिक कट्टरपंथी क्षेत्र में चले गए हैं। सबसे प्रसिद्ध उदाहरण ऑर्डर ऑफ़ नाइन एंगल्स है, जो 1970 के दशक में ब्रिटेन में उभरा। हालाँकि इसकी गुप्त शिक्षाएँ तुलनात्मक रूप से शैतान पर बहुत कम ज़ोर देती हैं, लेकिन समूह खुद को "पारंपरिक शैतानवाद" को बढ़ावा देने वाला बताता है। मानव बलि का समर्थन करते हुए, इस आदेश ने अपने अनुयायियों से समाज के विघटन को आगे बढ़ाने के लिए चरम राजनीतिक समूहों में शामिल होने का आह्वान किया है। अपने शुरुआती दशकों में एक छोटे से आंदोलन के दौरान, इंटरनेट ने 21वीं सदी में चरम दक्षिणपंथी नेटवर्क के बीच आदेश को अंतरराष्ट्रीय प्रभाव हासिल करने की अनुमति दी।

"ऐसे व्यक्ति और छोटे समूह भी हैं, जो अक्सर किशोरों के होते हैं, जिन्होंने खुद को शैतानवादी घोषित कर दिया है ताकि वे एक अपराधी या विद्रोही छवि बना सकें। ये व्यक्ति कभी-कभी आपराधिक व्यवहार में शामिल होते हैं, जिसमें चर्चों में तोड़फोड़ करना, कब्रों को अपवित्र करना और जानवरों को विकृत करना या मारना शामिल है। कुछ दुर्लभ मामलों में, जैसे कि अमेरिकी सीरियल किलर रिचर्ड रामिरेज़ और इटैलियन बीस्ट्स ऑफ़ शैतान समूह, इन स्वयंभू शैतानवादियों ने हत्या भी की है।

कबीरपंथी

सिद्धांत कबीरपंथी कबीर और उनकी शिक्षाओं के अनुयायी हैं। कबीर पंद्रहवीं शताब्दी ई. में रहते थे और वे संतों या कवि-संतों में सबसे आगे थे। कबीर ने उत्तर भारत की धार्मिक सीमाओं को पार करने और हिंदू धर्म, इस्लाम और अन्य गैर-हिंदू धर्मों के बीच सद्भाव को बढ़ावा देने का प्रयास किया। इस मामले में वे रामकृष्ण और गांधी के अग्रदूत थे। उनकी उदार आस्था भक्ति, ईश्वर के प्रति समर्पण पर केंद्रित थी। कबीर "आंतरिक धर्म" के गुरु थे, जो हृदय में निवास करने वाले ईश्वर के प्रति प्रेमपूर्ण समर्पण था। ईश्वर के नाम वैष्णव होते हैं, क्योंकि कबीर के गुरु रामानंद थे। लेकिन यद्यपि कबीर अक्सर राम, हरि और "राम के नाम" का उल्लेख करते हैं, लेकिन वे इनका उपयोग सर्वव्यापी वास्तविकता के लिए कर रहे हैं जो शब्दों से परे है और "परे से परे" है, जिसे शून्य, शून्य या जिसे कबीर सहज, अवर्णनीय अवस्था कहते हैं, के साथ पहचाना जाता है। कबीर के लिए सतगुरु, पूर्ण गुरु, रामानंद नहीं बल्कि आत्मा के भीतर बोलने वाले देवता हैं। कबीर का सबसे महत्वपूर्ण सिद्धांत शब्द है। वैष्णव शिक्षा में शब्द में ईश्वरीय प्रेरणा और शिक्षक के शब्द दोनों शामिल हैं। कबीर की शिक्षा पूरी तरह से मौखिक थी, जिसमें कुछ भी लिखित रूप में नहीं था। कबीरवाणी, कबीर के शब्द, उनके जीवन के बाद लिखे गए थे और सबसे पुराना दिनांकित लिखित रिकॉर्ड सिखों के गुरु ग्रंथ में पाया जाता है,

जिसे लगभग 1604 में संकलित किया गया था। कबीरवाणी के दो अन्य अदिनांकित संस्करण हैं, एक राजस्थान के दादूपंथियों द्वारा लगभग 1600 में संकलित किया गया और इसे कबीर ग्रंथावली कहा गया, और बीजक, एक संस्करण जिसे बिहार में कबीरपंथियों द्वारा संकलित नहीं किया गया तो भी लोकप्रिय बनाया गया।संत धर्म हृदय का धर्म था, जो सभी के लिए खुला था। कई संत महिलाएं थीं और कबीर स्वयं एक शूद्र थे, जो सबसे निचली जाति थी। कबीर ने मुस्लिम प्रार्थना और हज, और हिंदू मूर्ति पूजा और तीर्थयात्रा जैसे धर्म के बाहरी पहलुओं को अस्वीकार कर दिया। उन्होंने जानबूझकर अपने शहर बनारस में नहीं मरने का फैसला किया। कबीर ने ब्राह्मणों और योगियों पर हमला किया, तप, उपवास और भिक्षा में कोई गुण नहीं देखा और उन्होंने हिंदू दर्शन के छह विद्यालयों का तिरस्कार किया। उन्होंने किसी जाति भेद को स्वीकार नहीं किया। कबीर के संप्रदायवाद के विरोध के बावजूद, उनकी मृत्यु के बाद उनके शिष्यों और अनुयायियों का एक संप्रदाय बन गया। आधुनिक कबीरपंथी खुद को हिंदू मानते हैं। कबीर को आमतौर पर खुद को हिंदू माना जाता है। सभी धार्मिक आंदोलनों की तरह, सिद्धांत और व्यवहार ने मूल शिक्षक के आदर्शों को नहीं रखा है। एक बुनकर की पत्नी, नीमा ने उन्हें बनारस के पास एक तालाब में कमल पर तैरते हुए शिशु के रूप में पाया। उसने और उसके पति, नीरू ने कबीर को अपने बच्चे की तरह पाला। अन्य किंवदंतियों में कबीर की पत्नी, लोई, बेटे, कमाल और बेटी, कमालिया के बारे में बताया गया है, सभी ने चमत्कारिक रूप से जन्म लिया था। नीरू और नीमा जुलाहा, मुस्लिम बुनकरों की एक निम्न जाति के थे, और कबीर ने अपना सारा जीवन बनारस के पास एक बुनकर के रूप में काम किया। जुलाहा शायद हाल ही में इस्लाम में धर्मांतरित हुए थे और यह निश्चित नहीं है कि कबीर का खतना हुआ था। उनके लिए मुसलमान "तुर्क" थे।कबीर के उपदेश सामान्य बुद्धि को आकर्षित करते थे और व्यंग्यात्मक तथा तीखी भाषा में थे और इस कारण हिंदू और मुस्लिम धार्मिक अधिकारियों के बीच दुश्मनी पैदा हो गई थी। कबीर की पौराणिक जीवनी में मुस्लिम शासक सिकंदर लोदी द्वारा उनके उत्पीड़न का विवरण है, हालांकि अंततः कबीर ने उनसे समझौता कर लिया था। ब्राह्मणों ने उन पर एक बदनाम महिला और रायदास नामक धार्मिक गुरु के साथ संबंध रखने के लिए हमला किया, जो एक चमार, चमड़े का काम करने वाला था। कबीर (लगभग 1440-1518) का भारत के धार्मिक इतिहास में बहुत महत्व है। वे लगभग निश्चित रूप से वैष्णव भक्ति शिक्षक रामानंद (रामवत्स देखें) के शिष्य थे। एक कहानी है कि कैसे एक साधारण मुस्लिम जुलाहा रामानंद का शिष्य बनने की कोशिश करता है। एक सुबह कबीर गंगा के

किनारे घाट पर लेट गए, जहाँ रामानंद स्नान करते थे, और वहाँ जाते समय उन्होंने कबीर को रौंद दिया और कहा "राम, राम! यह कौन सा बेचारा प्राणी है जिसे मैंने रौंद दिया है?" कबीर ने "राम, राम!" को शिष्य बनने का मंत्र माना। हालाँकि रामानंद यह भूल गए, लेकिन जब कबीर ने लोगों के सामने दावा किया कि वे शिष्य हैं, तो उन्होंने कबीर को बुलाया और घाट पर हुई घटना को याद करते हुए कबीर को अपने सीने से लगा लिया। कबीर की शिक्षा उत्तर भारत में वैष्णव भक्ति का पहला महत्वपूर्ण परिचय थी, और वे हिंदू और मुस्लिम दोनों को आकर्षित करने वाले पहले शिक्षक थे। उनकी शिक्षा सिख धर्म के संस्थापक गुरु नानक द्वारा इस्तेमाल किए जाने वाले मुख्य स्रोतों में से एक थी। कबीर की वाक्पटुता इतनी शक्तिशाली थी कि उनके "शब्द" पंजाब और राजस्थान से लेकर बिहार तक पूरे उत्तर भारत में आग की तरह फैल गए।कबीर की मृत्यु के बारे में एक प्रसिद्ध किंवदंती है। गोरखपुर के पास मगहर में उनकी मृत्यु हो गई और उनके हिंदू और मुस्लिम अनुयायियों के बीच विवाद हुआ। हिंदू उनका दाह संस्कार करना चाहते थे और मुसलमान उन्हें दफनाना चाहते थे। जब वे बहस कर रहे थे, कबीर प्रकट हुए और उनसे कहा कि वे उनके शव पर से कपड़ा हटा दें। शव गायब हो गया था और उसकी जगह फूलों का ढेर लगा हुआ था। मुसलमानों ने आधे फूल लेकर मगहर में दफना दिए और उस स्थान पर एक मकबरा बना दिया। हिंदू अपने आधे फूल बनारस ले गए और उन फूलों का दाह संस्कार उस स्थान पर किया जिसे अब कबीर चौरा के नाम से जाना जाता है, जो कबीरपंथियों की एक शाखा का नाम है। कबीरवाणी का सबसे प्रामाणिक संस्करण बीजक था, जिसे कबीर के एक तत्काल शिष्य भागो दास ने संकलित किया था। बीजक का शाब्दिक अर्थ है चालान या खाता बही। कबीर के अन्य उत्तराधिकारियों ने भजन, स्तोत्र और सैद्धांतिक कविताएँ लिखीं जो कि कबीर चौरा में पांडुलिपि के रूप में आज भी मौजूद हैं। कबीर संप्रदायवाद के विरोधी थे और उनकी मृत्यु के बाद जब कबीरपंथी एक संप्रदाय के रूप में विकसित हुए, तो उनके बेटे कमाल ने पारंपरिक रूप से उनका नेतृत्व करने से इनकार कर दिया। कबीर की मृत्यु के सौ साल के भीतर, परंपरा कहती है कि संप्रदाय बारह उप-संप्रदायों में विभाजित हो गया। इनमें से एक उदासी हो सकता है। आज केवल दो उप-संप्रदाय जीवित हैं, कबीर चौरा और धर्मदासी। धर्म दास ने छत्तीसगढ़ में अपना समूह स्थापित किया। वह एक बनिया, व्यापारी जाति से थे, और कबीर ने पारंपरिक रूप से छवि-पूजा के लिए उन्हें फटकार लगाई थी।

प्रतीक   हालाँकि कबीर धर्म के सभी बाहरी यांत्रिक पहलुओं के प्रबल विरोधी थे, फिर भी उन्होंने सर्वव्यापी वास्तविकता का वर्णन करने के लिए प्रतीकात्मक रूप से भगवान के कई वैष्णव नामों का इस्तेमाल किया।

कबीरपंथी, हालाँकि अभी भी एकेश्वरवाद को बनाए रखते हैं और छवि-पूजा का विरोध करते हैं   कबीर के लिए एकमात्र गुरु सतगुरु थे, लेकिन कबीरपंथी गुरु का चयन करने में सबसे अधिक सावधानी बरतते हैं, जिनका पालन जीवन भर करना चाहिए। सदस्य तुलसी की लकड़ी से बनी मोतियों की माला पहनते हैं, जो भगवान विष्णु के लिए पवित्र है। एक महिला विवाह के बाद इसे पहन सकती है। द्विज जाति के लोग हिंदू धर्म के पवित्र धागे जनेऊ पहनते हैं। दीक्षा का एक विस्तृत समारोह होता है। महंत, गुरु के पैर धोने के लिए पानी का उपयोग किया जाता है। एक पान के पत्ते पर भगवान का गुप्त नाम ओस से अंकित किया जाता है और इसे परवाना, पासपोर्ट कहा जाता है, जो कबीर के शरीर का प्रतिनिधित्व करता है। ओस को अमर नामक बर्तन में एकत्र किया जाता है और यह सीधे स्वर्ग से प्राप्त जल होता है। एक गुप्त मंत्र, पवित्र उच्चारण, समारोह का एक महत्वपूर्ण हिस्सा है। धर्मदासियाँ कई मंत्रों का उपयोग करती हैं और उनके दीक्षा समारोह कुछ विवरणों में भिन्न होते हैं। समारोह एक महंत द्वारा संचालित किए जाते हैं। महंतों को प्रधान महंत से अधिकार प्राप्त होता है, जो कबीर का प्रतिनिधि होता है।महंतों के पास अधिकार के प्रतीक के रूप में लाल टोपी, काले ऊन का हार जिसे सेली कहते हैं, और एक विशेष माला होती है जिसे पंच माल कहते हैं। नियुक्ति के समय वे नारियल चढ़ाते हैं, जिसका कबीरपंथियों के लिए एक विशेष प्रतीकात्मक अर्थ होता है। नारियल का चेहरा एक आदमी जैसा होता है, इसकी सतह तीन भागों में होती है जो ब्रह्मा, विष्णु और शिव का प्रतीक है, इसका मांस धीरे-धीरे मानव मांस जैसा बनता है, और यह अन्य फलों से अलग होता है क्योंकि इसमें बीज नहीं होते हैं। नारियल को तोड़ना एक रक्तहीन बलिदान है, जो कबीरपंथियों के लिए स्वर्ग में प्रवेश प्राप्त करने के

लिए निरंजन (जिसका अर्थ है "वासनाओं से रहित," कबीरपंथियों द्वारा दिया गया भगवान का एक शीर्षक) को शांति की पेशकश है। जिस पानी में मुख्य महंत के पैर धोए जाते हैं वह चरण मित्र बन जाता है, पैरों का अमृत (देवताओं का अमृत)। इसे बारीक मिट्टी के साथ मिलाकर गोलियां बनाई जाती हैं, और निगला जाता है या पीसकर पानी में मिलाकर पिया जाता है। कबीर चौरा मठ उस स्थान पर है जहाँ कबीर पारंपरिक रूप से अपने शिष्यों को निर्देश देते थे। मठ या मठ में खानराँव, कबीर के पैरों का प्रतिनिधित्व करने वाली लकड़ी की एक जोड़ी चप्पल और कबीर का तकिया, गद्दी है। मठ की दीवारों पर कबीर, रामानंद और महंतों की तस्वीरें हैं। तस्वीरों के ऊपर रंगीन कपड़े में डिज़ाइन हैं जो पाँच तत्वों और मानव शरीर के नौ दरवाजों का प्रतीक हैं। अनुयायी 1901 की जनगणना में 843,171 कबीरपंथी पाए गए। आज भी बड़ी संख्या में कबीरपंथी बनारस में केंद्रित हैं और पश्चिम में गुजरात और पूर्व में बिहार तक फैले हुए हैं। सदस्य मुख्य रूप से निम्न जाति के हिंदू हैं, जिनमें व्यापारी जातियाँ महत्वपूर्ण भूमिका निभाती हैं, खासकर धर्मदासियों के बीच। संतों की परंपरा भजन, भक्ति गीतों के माध्यम से बहुत प्रभावशाली है, जिनकी भारत और विदेशों में हिंदू समुदायों में बहुत अपील है। मुख्यालय/मुख्य केंद्र कबीर चौरा बनारस में स्थित है

कबीर के **10** बेहतरीन दोहे : देते हैं जिंदगी का असली ज्ञान

जीवन की महिमा

जीवन में मरना भला, जो मरि जानै कोय |
मरना पहिले जो मरै, अजय अमर सो होय ||

अर्थ : जीते जी ही मरना अच्छा है, यदि कोई मरना जाने तो। मरने के पहले ही जो मर लेता है, वह अजर-अमर हो जाता है। शरीर रहते-रहते जिसके समस्त अहंकार समाप्त हो गए, वे वासना - विजयी ही जीवनमुक्त होते हैं।

मैं जानूँ मन मरि गया, मरि के हुआ भूत |
मूये पीछे उठि लगा, ऐसा मेरा पूत ||

अर्थ : भूलवश मैंने जाना था कि मेरा मन भर गया, परन्तु वह तो मरकर प्रेत हुआ। मरने के बाद भी उठकर मेरे पीछे लग पड़ा, ऐसा यह मेरा मन बालक की तरह है।

भक्त मरे क्या रोइये, जो अपने घर जाय |
रोइये साकट बपुरे, हाटों हाट बिकाय ||

अर्थ : जिसने अपने कल्याणरुपी अविनाशी घर को प्राप्त कर लिया, ऐसे संत भक्त के शरीर छोड़ने पर क्यों रोते हैं? बेचारे अभक्त - अज्ञानियों के मरने पर रोओ, जो मरकर चौरासी लाख योनियों के बाज़ार में बिकने जा रहे हैं।

मैं मेरा घर जालिया, लिया पलीता हाथ |
जो घर जारो आपना, चलो हमारे साथ ||

अर्थ : संसार - शरीर में जो मैं - मेरापन की अहंता - ममता हो रही है - ज्ञान की आग बत्ती हाथ में लेकर इस घर को जला डालो। अपना अहंकार - घर को जला डालता है।

शब्द विचारी जो चले, गुरुमुख होय निहाल ।
काम क्रोध व्यापै नहीं, कबूँ न ग्रासै काल ॥

अर्थ : गुरुमुख शब्दों का विचार कर जो आचरण करता है, वह कृतार्थ हो जाता है। उसको काम क्रोध नहीं सताते और वह कभी मन कल्पनाओं के मुख में नहीं पड़ता।

जब लग आश शरीर की, मिरतक हुआ न जाय ।
काया माया मन तजै, चौड़े रहा बजाय ॥

अर्थ : जब तक शरीर की आशा और आसक्ति है, तब तक कोई मन को मिटा नहीं सकता। इसलिए शरीर का मोह और मन की वासना को मिटाकर, सत्संग रूपी मैदान में विराजना चाहिए।

मन को मिरतक देखि के, मति माने विश्वास ।
साधु तहाँ लौं भय करे, जौ लौं पिंजर साँस ॥

अर्थ : मन को मृतक (शांत) देखकर यह विश्वास न करो कि वह अब धोखा नहीं देगा। असावधान होने पर वह फिर से चंचल हो सकता है इसलिए विवेकी संत मन में तब तक भय रखते हैं, जब तक शरीर में सांस चलती है।

कबीर मिरतक देखकर, मति धरो विश्वास ।
कबहुँ जागै भूत है करे पिड़का नाश ॥

अर्थ : ऐ साधक! मन को शांत देखकर निडर मत हो। अन्यथा वह तुम्हारे परमार्थ में मिलकर जाग्रत होगा और तुम्हें प्रपंच में डालकर पतित करेगा।

अजहुँ तेरा सब मिटै, जो जग मानै हार |
घर में झजरा होत है, सो घर डारो जार ||

अर्थ : आज भी तेरा संकट मिट सकता है यदि संसार से हार मानकर निरभिमानी हो जा। तुम्हारे अंधकाररूपी घर में को काम, क्रोधा आदि का झगड़ा हो रहा है, उसे ज्ञान की अग्नि से जला डालो।

सत्संगति है सूप ज्यों, त्यागै फटकि असार |
कहैं कबीर गुरु नाम ले, परसै नहीं विकार ||

अर्थ : सत्संग सूप के ही समान है, वह फटक कर असार का त्याग कर देता है। तुम भी गुरु से ज्ञान लो, जिससे बुराइयां बाहर हो जाएंगी।

संत मत

"संत मत 13वीं-17वीं शताब्दी ई. के दौरान भारतीय उपमहाद्वीप पर एक आध्यात्मिक आंदोलन था। नाम का शाब्दिक अर्थ है "संतों की शिक्षाएँ", यानी रहस्यवादी हिंदू संत। संतों और उनकी शिक्षाओं का अनुसरण करके संगति और सत्य की खोज के माध्यम से, एक आंदोलन का गठन किया गया। धार्मिक रूप से, शिक्षाएँ व्यक्तिगत आत्मा (आत्मा) द्वारा दिव्य प्रमुख ईश्वर (परमात्मा) के प्रति आंतरिक, प्रेमपूर्ण भक्ति द्वारा प्रतिष्ठित हैं। सामाजिक रूप से, वे कुछ गृहस्थों को छोड़कर ज़्यादातर तपस्वी हैं। संत मत को 19वीं शताब्दी के राधा स्वामी के साथ भ्रमित नहीं किया जाना चाहिए, जिसे समकालीन "संत मत आंदोलन" के रूप में भी जाना जाता है।

संतों की वंशावली को दो मुख्य समूहों में विभाजित किया जा सकता है: पंजाब, राजस्थान और उत्तर प्रदेश के प्रांतों से एक उत्तरी समूह, जिन्होंने खुद को मुख्य रूप से स्थानीय हिंदी में व्यक्त किया; और एक दक्षिणी समूह, जिसकी भाषा मराठी है, जिसका प्रतिनिधित्व महाराष्ट्र के नामदेव और अन्य संत करते हैं।

सरना धर्म प्रार्थना

हम सरना आदिवासी प्राकृति और परावरण से अवह स्नेह करते हैं और इसमें हमारी अटूट विश्वास,

भरोसा, श्रद्धा, भक्ति है क्योंकि इसके बिना इस संसार की अस्तित्व की कल्पना नहीं कर सकते हैं इसीलिये

आदि काल में हमारे परम पूजनीय पूर्वजों ने हमारे सरना आदिवासी समाज के लिये जमीन और प्राकृति से

जुड़ी व्यवस्थाओं को बहुत ही समृद्ध, सुन्दर और मजबूती से कायम किये। इन व्यवस्थाओं में प्रमुख रुप से

धार्मिक, समाजिक, एवं स्वशासन व्यवस्थाओं को व्यवस्थित करते हुए परम मूल्यवान परम्पराओं, संस्कृतियों तथा

गौरवशाली एवं समृद्धशाली सभ्यताओं को विकसित करते हुए मुख्य धारा में अपने सरना समाज को लाये।

परन्तु यह दूर्भाग्य है कि वर्तमान समय में इन सभी पर अतिक्रमण कर इन्हें नष्ट किया जा रहा है जिससे

हमारी पहचान और अस्तित्व पर बहुत ही भयंकर खतरा मंडरा रहा है यहां तक कि हमारे पूरे सरना आदिवासी

समाज की वर्तमान एवं आने वाली पीढ़ियों पर भी घोर संकट के बादल छाये हुए हैं। सवाल उठता है कि इन

विकट परिस्थितियों और विभिन्न क्षेत्रों में उत्पन्न होने वाली बहुत सारी सम्भावित खतरों से सरना आदिवासी

समाज और समाज से जुड़ी हुई निम्नलिखित व्यवस्थाओं को कैसे बचाया जा सकता है?

1. धार्मिक और समाजिक व्यवस्थायें कैसे बचेगी, 2. समृद्ध और गौरवशाली हमारी सभ्यता, संस्कृति और परम्परा, कैसे बचेगी, 3. हमारी पुश्तैनी भौतिक-प्राकृतिक संसाधनों का हमें मिलने वाली लाभ कैसे बचेगी, 4. समाज के मुख्य धारा से हम अपने आप को अलग होने से कैसे बचायेगें, 5. हमारी सामूहिक जीवन पद्धति कैसे बचेगी, 6. हमारी वेष-भूषा, भाषा, गीत-नृत्य, वाद्य-यन्त्र, पर्व-त्योहार, पूजा-पाठ, नेग-दस्तूर, जन्म से लेकर मृत्यु तक के संस्कार कैसे बचेगी, 7. हमारी समाजिक-धार्मिक जमीन जैसे पहनाई, महतोई, कोटवारी, डाली कतारी, भूईहरी, गैरमजरूआ आदि जमीन कैसे बचेगी, 8. संविधान ने जो हमें हक-अधिकार और सुरक्षा दी है उसे कैसे प्राप्त करेंगे, 9. हमारी जो आदिकाल से लम्बी इतिहास रही है उसे तथा हमारी मौखिक परम्पराओं को हम कैसे लिपि-बद्ध करेंगे, 10. धर्म के नाम पर सरना आदिवासियों को बंटने और धर्म परिवर्तन होने से कैसे बचायेंगे, 11. समाज में शिक्षा, रोजगार, स्वस्थ्य और रहन-सहन का स्तर उंचा कैसे होगा, 12. समाज में व्यप्त कुरितियाँ, अंध-विश्वास और नशा-पान कैसे दूर होगी, 13. गायें-गायें में शहर-शहर में थुमकुड़िया, सरना भवन, वचनालय आदि का निर्माण कैसे होगी, 14. सरना, मसना, अखड़ा, का सुरक्षा एवं सुन्दरीकरण कैसे होगी, 15. समाज की आर्थिक स्थिति कैसे व्यवस्थित और मजबूत होगी, 16. समाज में चेतना और जागरुकता कैसे आयेगी। 17. समाज में सुख, शांति और समृद्धि, कैसे आयेगी, 18. समाज में भय मुक्त वातावरण कैसे आयेगी ?

हमारे सरना आदिवासी समाज के इन सभी समस्याओं का समाधान क्या है, इसका विकल्प क्या है? इन सभी समस्याओं का समाधान और विकल्प मात्र सरना प्रार्थना सभा ही है। मेरे प्रिय सरना धर्मावलम्बियों यही एक मात्र सुदृढ़ और मजबूत माध्यम है, इसे हर हाल में स्वीकार करना ही होगा। इसी सरना धर्म प्रार्थना सभा के मार्ग पर चलकर हम सभी अपने सरना आदिवासी समाज की अस्तित्व की रक्षा, सुरक्षा और विकास कर सकते हैं, दिशा और दशा बदल सकते हैं।

जय चाला यो, जय सरना माँ

1. (जय चाला यो, जय सरना माँ... 2, चला टोंका बरआ लागदम)... 2 (जय चाला माँ, जय सरना माँ, सरना स्थल आ रहे हैं)

जिया नु बरय यो जियान्ती पाड़ोम, काया नु बरय यो सचे मन्ती विनती नानोम.... 2 (हे सरना माँ मेरे जिव (हृदय) में आओ हृदय से गायेंगे, काया में आओ माँ सच्चे मन से अर्जी-विनती करेंगे)

2. (जय चाला यो, जय सरना माँ... 2, धरम कुढ़िया बरआ लागदम)... 2 (जय चाला माँ, जय सरना माँ, धरम कुढ़िया आ रहे हैं)
जिया नु बरय यो जियान्ती पाड़ोम, काया नु बरय यो सचे मन्ती विनती नानोम.... 2
(हे सरना माँ मेरे जिव (हृदय) में आओ हृदय से गायेंगे, काया में आओ माँ सच्चे मन से अर्जी-विनती करेंगे)
3. (जय चाला यो, जय सरना माँ... 2, लुर कुढ़िया बरआ लागदम)... 2 (जय चाला माँ, जय सरना माँ, लूर कुढ़िया आ रहे हैं)
जिया नु बरय यो जियान्ती पाड़ोम, काया नु बरय यो सचे मन्ती विनती नानोम.... 2
(हे सरना माँ मेरे जिव (हृदय) में आओ हृदय से गायेंगे, काया में आओ माँ सच्चे मन से अर्जी-विनती करेंगे)
4. (जय चाला यो, जय सरना माँ...2, अखेड़ा बरआ लागदम)... 2 (जय चाला माँ, जय सरना माँ, अखड़ा आ रहे हैं)
जिया नु बरय यो जियान्ती पाड़ोम, काया नु बरय यो सचे मन्ती विनती नानोम.... 2
(हे सरना माँ मेरे जिव (हृदय) में आओ हृदय से गायेंगे, काया में आओ माँ सच्चे मन से अर्जी-विनती करेंगे)
5. (जय चाला यो, जय सरना माँ... 2, जतरा टोंका बरआ लागदम)... 2 (जय चाला माँ, जय सरना माँ, जतरा स्थल आ रहे हैं)
जिया नु बरय यो जियान्ती पाड़ोम, काया नु बरय यो सचे मन्ती विनती नानोम.... 2
(हे सरना माँ मेरे जिव (हृदय) में आओ हृदय से काया में आओ माँ सच्चे मन से अर्जी विनती करेंगे)
गायेंगे, 6. (जय चाला यो, जय सरना माँ... 2, सिरासिता बरआ लागदम)... 2 (जय चाला माँ, जय सरना माँ, सिरासिता आ रहे हैं)
जिया नु बरय यो जियान्ती पाड़ोम, काया नु बरय यो सचे मन्ती विनती नानोम.... 2
(हे सरना माँ मेरे जिव (हृदय) में आओ हृदय से गायेंगे, काया में आओ माँ सच्चे मन से अर्जी-विनती करेंगे)

सरनावाद के अनुयायी गांव के रक्षक के रूप में एक ग्राम देवता पर विश्वास करते हैं, उसकी पूजा करते हैं और उसका सम्मान करते हैं, जिसे गाँव खूंट, ग्राम देवती, धर्मेस, मारंग बुरु, सिंगबोंगा या विभिन्न जनजातियों द्वारा अन्य नामों से पुकारा जाता है। अनुयायी धरती आयो या चलपछो देवी, पृथ्वी या प्रकृति के रूप में पहचानी

जाने वाली मातृ देवी पर भी विश्वास करते हैं, उसकी पूजा करते हैं और उसका सम्मान करते हैं।

अज्ञेयवादी नास्तिकता एक दार्शनिक स्थिति है जो नास्तिकता और अज्ञेयवाद दोनों को समाहित करती है। अज्ञेयवादी नास्तिक इसलिए नास्तिक होते हैं क्योंकि वे किसी देवता के अस्तित्व में विश्वास नहीं रखते और अज्ञेयवादी इसलिए होते हैं क्योंकि वे दावा करते हैं कि देवता का अस्तित्व या तो सिद्धांत रूप में अज्ञात है या वास्तव में अज्ञात है।

अज्ञेयवाद वह दृष्टिकोण है जिसके अनुसार ईश्वर, दिव्य या अलौकिक का अस्तित्व अज्ञात या अज्ञेय है।

अलट्रिज्म या अलाट्री (पूजा से) एक या एक से अधिक देवताओं के अस्तित्व की मान्यता है, लेकिन किसी भी देवता की पूजा की जानबूझकर कमी के साथ। आम तौर पर, इसमें यह विश्वास शामिल होता है कि धार्मिक अनुष्ठानों का कोई अलौकिक महत्व नहीं है, और देवता सभी प्रार्थनाओं और पूजा को अनदेखा करते हैं। धर्म-विरोधी किसी भी तरह के धर्म का विरोध या अस्वीकृति है।

अनास्थिवाद उदासीनता या उदासीनता का रवैया है ईश्वर/ईश्वरों का अस्तित्व या गैर-अस्तित्व।

नास्तिकता किसी भी देवता के अस्तित्व में विश्वास की कमी है या, एक संकीर्ण अर्थ में, सकारात्मक नास्तिकता विशेष रूप से वह स्थिति है कि कोई देवता नहीं हैं। नकारात्मक और सकारात्मक नास्तिकता की सीमाएँ हैं।

प्रतिदेववाद आस्तिकता का विरोध है। इस शब्द के कई अनुप्रयोग हैं। यह आमतौर पर किसी भी देवता में विश्वास के प्रत्यक्ष विरोध को संदर्भित करता है।

देववाद दार्शनिक स्थिति और तर्कवादी धर्मशास्त्र है जो ईश्वरीय ज्ञान के स्रोत के रूप में रहस्योद्घाटन को अस्वीकार करता है, और दावा करता है कि प्राकृतिक दुनिया का अनुभवजन्य कारण और अवलोकन विशेष रूप से तार्किक, विश्वसनीय और ब्रह्मांड के निर्माता के रूप में सर्वोच्च प्राणी के अस्तित्व को निर्धारित करने के लिए पर्याप्त हैं।

स्वतंत्र विचार यह मानता है कि सत्य के बारे में स्थिति तर्क, कारण और अनुभववाद के आधार पर बनाई जानी चाहिए, न कि अधिकार, परंपरा, रहस्योद्घाटन या अन्य हठधर्मिता के आधार पर।

इग्नोस्टिसिज्म, जिसे इग्थिज्म के रूप में भी जाना जाता है, यह विचार है कि ईश्वर के अस्तित्व का प्रश्न निरर्थक है क्योंकि "ईश्वर" शब्द की कोई सुसंगत और स्पष्ट परिभाषा नहीं है।

 इट्सिज्म एक अनिर्धारित पारलौकिक वास्तविकता में एक अनिर्दिष्ट विश्वास है।

प्रकृतिवाद वह विचार या विश्वास है कि ब्रह्मांड में केवल प्राकृतिक (अलौकिक या आध्यात्मिक के विपरीत) कानून और ताकतें ही काम करती हैं।

धर्मनिरपेक्ष मानवतावाद एक विचार प्रणाली है जो ईश्वरीय मामलों के बजाय मानवीय मामलों को प्राथमिकता देती है।

उत्तर-ईश्वरवाद गैर-ईश्वरवाद का एक प्रकार है जो यह प्रस्तावित करता है कि आस्तिकता बनाम नास्तिकता का विभाजन अप्रचलित है, कि ईश्वर मानव विकास के एक चरण से संबंधित है जो अब बीत चुका है। गैर-ईश्वरवाद के भीतर, उत्तर-ईश्वरवाद की तुलना प्रति-ईश्वरवाद से की जा सकती है।

धर्मनिरपेक्षता का उपयोग सार्वजनिक क्षेत्र में धर्म को कम करने के पक्ष में एक राजनीतिक दृढ़ विश्वास का वर्णन करने के लिए किया जाता है, जिसे व्यक्तिगत धार्मिकता की परवाह किए बिना वकालत की जा सकती है। फिर भी यह कभी-कभी, विशेष रूप से संयुक्त राज्य अमेरिका में, प्रकृतिवाद या नास्तिकता का पर्याय भी है।

"आध्यात्मिक लेकिन धार्मिक नहीं" (SBNR) रॉबर्ट सी. फुलर द्वारा गढ़ा गया एक पदनाम है जो उन लोगों के लिए है जो पारंपरिक या संगठित धर्म को अस्वीकार करते हैं लेकिन उनके पास मजबूत आध्यात्मिक विश्वास हैं। एसबीएनआर को गैर-धर्म की परिभाषा के अंतर्गत शामिल किया जा सकता है, लेकिन कभी-कभी इसे पूरी तरह से अलग समूह के रूप में वर्गीकृत किया जाता है।

धार्मिक गैर-संज्ञानवाद यह तर्क है कि धार्मिक भाषा - विशेष रूप से, भगवान जैसे शब्द - संज्ञानात्मक रूप से सार्थक नहीं हैं। इसे कभी-कभी अज्ञेयवाद का पर्याय माना जाता है।

ट्रांसथिज्म, विचार या धार्मिक दर्शन की एक प्रणाली को संदर्भित करता है जो न तो आस्तिक है और न ही नास्तिक, लेकिन उनसे परे है"

धर्मनिरपेक्ष धर्म

धर्मनिरपेक्ष धर्म एक सांप्रदायिक विश्वास प्रणाली है जो अक्सर पारंपरिक धर्म से जुड़े अलौकिक के आध्यात्मिक पहलुओं को अस्वीकार या उपेक्षित करती है, इसके बजाय सांसारिक या भौतिक संस्थाओं में विशिष्ट धार्मिक गुणों को रखती है। धर्मनिरपेक्ष धर्मों के रूप में पहचाने जाने वाली प्रणालियों में उदारवाद, अराजकतावाद, साम्यवाद, नाज़ीवाद, फासीवाद, जैकोबिनवाद, जूचे, माओवाद, मानवता का धर्म, व्यक्तित्व के पंथ, तर्क का पंथ और सर्वोच्च प्राणी का पंथ शामिल हैं।

लोक धर्म,

"धार्मिक अध्ययनों और लोककथाओं में, लोक धर्म, पारंपरिक धर्म या स्थानीय धर्म में धर्म के विभिन्न रूप और अभिव्यक्तियाँ शामिल हैं जो संगठित धर्म के आधिकारिक सिद्धांतों और प्रथाओं से अलग हैं। लोक धर्म की सटीक परिभाषा विद्वानों के बीच भिन्न होती है। कभी-कभी इसे लोकप्रिय विश्वास भी कहा जाता है, इसमें किसी धर्म की छत्रछाया में जातीय या क्षेत्रीय धार्मिक रीति-रिवाज शामिल होते हैं; लेकिन आधिकारिक सिद्धांत और प्रथाओं से बाहर।

"लोक धर्म" शब्द को आम तौर पर दो संबंधित लेकिन अलग-अलग विषयों को शामिल करने के लिए माना जाता है। पहला लोक संस्कृति का धार्मिक आयाम है, या धर्म का लोक-सांस्कृतिक आयाम है। दूसरा औपचारिक अभिव्यक्ति के विभिन्न चरणों वाली दो संस्कृतियों के बीच समन्वय के अध्ययन को संदर्भित करता है, जैसे कि अफ्रीकी लोक मान्यताओं और रोमन कैथोलिक धर्म का मिश्रण जिसके कारण वोडुन और सैनटेरिया का विकास हुआ, और लोक संस्कृतियों के साथ औपचारिक धर्मों का समान मिश्रण। चीन में, लोक प्रोटेस्टेंटवाद की उत्पत्ति ताइपिंग विद्रोह के साथ हुई थी।

चीनी लोक धर्म, लोक ईसाई धर्म, लोक हिंदू धर्म और लोक इस्लाम प्रमुख धर्मों से जुड़े लोक धर्म के उदाहरण हैं। इस शब्द का उपयोग, विशेष रूप से संबंधित धर्मों के पादरियों द्वारा, उन लोगों की इच्छा का वर्णन करने के लिए भी किया जाता है जो अन्यथा धार्मिक पूजा में कम ही शामिल होते हैं, किसी चर्च या इसी तरह के धार्मिक समाज से संबंधित नहीं होते हैं, और जिन्होंने किसी विशेष पंथ में आस्था का औपचारिक रूप से दावा नहीं किया है, धार्मिक विवाह या अंतिम संस्कार करना, या (ईसाइयों के बीच) अपने बच्चों का बपतिस्मा करवाना।"

स्वदेशी फ़िलिपीनी लोक धर्म फ़िलिपींस में विभिन्न जातीय समूहों के विशिष्ट मूल धर्म हैं, जहाँ अधिकांश लोग एनिमिज़्म के अनुरूप विश्वास प्रणालियों का पालन करते हैं। आम तौर पर, इन स्वदेशी लोक धर्मों को एनिटिज़्म या बाथलिज़्म कहा जाता है। इनमें से कुछ मान्यताएँ पूर्व-ईसाई धर्मों से उत्पन्न हुई हैं जो विशेष रूप से हिंदू धर्म से प्रभावित थीं और स्पेनिश लोगों द्वारा उन्हें "मिथक" और "अंधविश्वास" के रूप में माना जाता था, ताकि वैध पूर्व-औपनिवेशिक मान्यताओं को बलपूर्वक उन

मूल मान्यताओं को औपनिवेशिक कैथोलिक ईसाई मिथकों और अंधविश्वासों से बदलकर अवैध बनाया जा सके। आज, इनमें से कुछ पूर्व-औपनिवेशिक मान्यताएँ अभी भी फ़िलिपिनो द्वारा मानी जाती हैं, खासकर प्रांतों में।

लोक इस्लाम एक छत्र शब्द है जिसका उपयोग सामूहिक रूप से इस्लाम के उन रूपों का वर्णन करने के लिए किया जाता है जो देशी लोक मान्यताओं और प्रथाओं को शामिल करते हैं। लोक इस्लाम को "शहरी गरीबों, देश के लोगों और जनजातियों" के इस्लाम के रूप में वर्णित किया गया है, रूढ़िवादी या "उच्च" इस्लाम के विपरीत (गेलनर, 1992)। सूफी अवधारणाएँ, जो रूढ़िवादी इस्लाम में भी पाई जाती हैं, और बारहमासीवाद और समन्वयवाद को अक्सर लोक इस्लाम में एकीकृत किया जाता है।

लोक ईसाई धर्म को विभिन्न विद्वानों द्वारा अलग-अलग तरीके से परिभाषित किया गया है। ईसाई धर्म जैसा कि अधिकांश लोग इसे जीते हैं - एक शब्द जिसका उपयोग "मुख्यधारा और विधर्मी में विश्वासों के विभाजन को दूर करने" के लिए किया जाता है,

ईसाई धर्म कुछ भौगोलिक ईसाई समूहों द्वारा प्रचलित अंधविश्वास से प्रभावित है, और ईसाई धर्म को "धर्मशास्त्रों और इतिहास के संदर्भ के बिना सांस्कृतिक शब्दों में परिभाषित किया गया है।"

इस विषय पर पहले प्रमुख अकादमिक कार्यों में से एक, जिसका शीर्षक यहूदी जादू और अंधविश्वास: लोक धर्म में एक अध्ययन है, जोशुआ ट्रेचेनबर्ग ने यहूदी लोक धर्म की परिभाषा दी, जिसमें ऐसे विचार और अभ्यास शामिल हैं, जो धार्मिक नेताओं की स्वीकृति के बिना, व्यापक रूप से लोकप्रिय थे, इसलिए उन्हें धर्म के क्षेत्र में शामिल किया जाना चाहिए। इसमें राक्षसों और स्वर्गदूतों और जादुई प्रथाओं के बारे में अपरंपरागत विश्वास शामिल थे।

बाद के अध्ययनों ने यरूशलेम में मंदिर के विनाश के महत्व पर जोर दिया है, जो शोक से जुड़े कई यहूदी लोक रीति-रिवाजों और विशेष रूप से हिब्बुत हा-केवर (कब्र की यातना) में विश्वास के लिए है, एक विश्वास है कि मृतकों को दफनाने के बाद तीन दिनों तक उनकी कब्र में राक्षसों द्वारा प्रताड़ित किया जाता है जब तक कि

उन्हें अपना नाम याद न आ जाए। यह विचार शुरुआती युगांतिक अगादाह से शुरू हुआ और फिर कबालीवादियों द्वारा इसे और विकसित किया गया।

राफेल पटाई को यहूदी लोक धर्म का अध्ययन करने के लिए नृविज्ञान का उपयोग करने वाले पहले लोगों में से एक माना जाता है। विशेष रूप से उन्होंने महिला दिव्य तत्व की महत्वपूर्ण भूमिका की ओर ध्यान आकर्षित किया है, जिसे वे देवी अशेरा, शेखिनाह, मैट्रोनिट और लिलिथ में देखते हैं।

लेखक स्टीफन शारोट ने कहा है कि यहूदी लोकप्रिय धर्म, लोक धर्म के अन्य रूपों के समान, अपोट्रोपिक या थ्यूमेटर्जिकल पर ध्यान केंद्रित करता है, यानी इसका उपयोग व्यक्ति को बीमारी और दुर्भाग्य से बचाने में सहायता के लिए किया जाता है। वह इस बात पर जोर देते हैं कि जबकि रब्बिनिकल यहूदी धर्म रूढ़िवादी यहूदी अनुष्ठान और हलाका से निपटता था, जादूगरों ने लोगों की रोजमर्रा की जिंदगी में मदद करने के लिए अपरंपरागत जादुई अनुष्ठानों का उपयोग करने का दावा किया। वह पोलैंड के बाल शेम जैसे अपेक्षाकृत पेशेवर प्रकार के जादूगर का उदाहरण देते हैं, जो 16वीं शताब्दी में शुरू होकर 18वीं शताब्दी में व्यावहारिक कबला की लोकप्रियता के साथ फले-फूले। इन बा'लेई शेम ने दुश्मनों को नुकसान पहुंचाने और सामाजिक जीवन के क्षेत्रों जैसे विवाह और बच्चे पैदा करने में सफलता पाने के लिए भगवान और स्वर्गदूतों के नामों के अपने ज्ञान का उपयोग करने का वादा किया, साथ ही भूत-प्रेत भगाने, हस्तरेखा विज्ञान और हर्बल दवा का भी। चार्ल्स लिबमैन ने लिखा है कि अमेरिकी यहूदियों के लोक धर्म का सार एक-दूसरे के साथ उनके सामाजिक संबंध हैं, जो इस खोज से स्पष्ट होता है कि धार्मिक प्रथाएँ जो सामाजिक एकीकरण को रोकती हैं - जैसे कि आहार कानूनों और सब्बाथ की सख्त व्याख्या - को छोड़ दिया गया है, जबकि जिन प्रथाओं का पालन किया जाता है - जैसे कि फसह सेडर, सामाजिक संस्कार और उच्च पवित्र दिन - वे हैं जो यहूदी परिवार और समुदाय के एकीकरण को मजबूत करते हैं। लिबमैन ने अपने कार्यों, द एम्बिवेलेंट अमेरिकन ज्यू (1973) और अमेरिकन ज्यूरी: आइडेंटिटी एंड एफिलिएशन में समकालीन यहूदी लोक धर्म के अनुष्ठानों और मान्यताओं का वर्णन किया है।

जून मैकडैनियल (2007) ने हिंदुओं के बीच भावनाओं की अभिव्यक्ति को समझने के लिए हिंदू धर्म को छह प्रमुख प्रकारों और कई छोटे प्रकारों में वर्गीकृत किया है। मैकडैनियल के अनुसार, प्रमुख प्रकारों में से एक लोक हिंदू धर्म है, जो स्थानीय

जातीय परंपराओं और स्थानीय देवताओं के आदिवासी पंथों पर आधारित है और भारतीय धर्मों की सबसे पुरानी, अशिक्षित प्रणाली है। लोक हिंदू धर्म में उन देवताओं की पूजा शामिल है जो हिंदू धर्मग्रंथों में नहीं पाए जाते हैं। इसमें ग्रामदेवता (गांव के देवता), कुलदेवता (घरेलू देवता) और स्थानीय देवताओं की पूजा शामिल है। यह स्थानीयता पर आधारित एक लोक धर्म, बहुदेववादी और एनिमिस्टिक विश्वास है। इन धर्मों के अपने पुजारी हैं, जो क्षेत्रीय देवताओं की पूजा करते हैं।

19वीं शताब्दी के दौरान, विद्वानों ने हिंदू धर्म और ब्राह्मणवाद को विभाजित किया था। ब्राह्मणवाद को संस्कृत शास्त्रों पर आधारित एक बौद्धिक, शास्त्रीय परंपरा के रूप में संदर्भित किया गया था, जबकि हिंदू धर्म अंधविश्वासी लोक परंपरा से जुड़ा था। लोक परंपरा हिंदू परंपरा के उन पहलुओं को संदर्भित करती है जो पाठ्य अधिकार पर आधारित संस्कृत परंपरा के साथ तनाव में मौजूद हैं। एम. एन. श्रीनिवास (१९७६) के अनुसार, लोक हिंदू धर्म शहरी संदर्भ में प्रासंगिक है, लेकिन लोक (ग्रामीण जनता, अशिक्षित) के साथ इसके नकारात्मक अर्थों के कारण नृवंशविज्ञान अध्ययनों में इसे उपेक्षित किया जाता है। क्रिस फुलर (१९९४) के अनुसार, नृवंशविज्ञान साक्ष्य के प्रकाश में लोकप्रिय हिंदू धर्म पतित पाठ्य हिंदू धर्म नहीं है, हालांकि लोक हिंदू धर्म की श्रेणी कमजोर बनी हुई है। माइकल विट्ज़ेल (१९९८) के अनुसार, लोक धर्म प्राकृत भाषी और द्रविड़ भाषी निचली जाति का धर्म है जबकि वैदिक हिंदू धर्म जिसमें वेद और उपनिषद शामिल हैं, संस्कृत भाषी उच्च जाति का धर्म है। असको परपोला (२०१५) के अनुसार, लोक ग्राम हिंदू धर्म पूर्व-ऋग्वेदिक इंडो-आर्यन काल और सिंधु घाटी संस्कृति से जीवित है।

मेरी अन्य पुस्तकें निम्न है–

क्रमांक	पुस्तक का नाम
1	पृथ्वी के प्रचलित धर्म व पंथ
2	कुरान करीम का विशेष ज्ञान
3	जीवन एक पहेली व स्वास्थ्य
4	जीवन तथा भाषा की उत्पत्ति कैसे हुई?
5	इस्लाम एक परिचय व संप्रदाय
6	अल्लाह एक परिचय
7	आज भी अंल खिꣳ जिंदा है?
8	सात सोने वालों की रहस्यमई घटना
9	प्रार्थना, सभी धर्मो में
10	उपदेश महान लोगों के, सभी धर्मो में
11	स्वप्न, व्याख्या, प्रत्येक धर्म में
12	हारूत तथा मारुत की कहानी
13	आत्मा (रूह) धर्म तथा विज्ञान की नजर में
14	असली सिकंदर (जुलकरनैन)
15	दुःख
16	ईश्वर, प्रार्थना, उपदेश, नास्तिक, दुःख
17	विश्व के प्रमुख धर्म मत व सम्प्रदाय
18	पवित्र कुरान एक परिचय तथा उसके अनसुलझे रहस्य

19	धर्म संस्थापक का जीवन परिचय ,सभी धर्मों के
20	शांति की खोज
21	धर्म पुस्तक की उत्पत्ति, भाषा, लेखक व मूल प्रति
22	समानांतर ब्रह्मांड का रहस्य
23	मौत (पवित्र कुरआन की दृष्टि में)
24	तलाक! जिम्मेदार कौन?
25	कर्म ही सर्वश्रेष्ठ?
26	एकांत क्यों?
27	कयामत की निशानी
28	पवित्र कुरआन की भविष्यवाणी

यह सारी पुस्तकें अंग्रेजी संस्करण में भी उपलब्ध है। तथा कुछ अंतर्राष्ट्रीय भाषा में उपलब्ध है।

सभी पुस्तक पेपर बैक संस्करण व हार्ड कवर संस्करण में भी उपलब्ध है।

उपरोक्त पुस्तकें notion press.com पर भी उपलब्ध है।

मेरी ई बुक संस्करण (निशुल्क) निम्न है —

क्रमांक	पुस्तक का नाम
1	विश्व के प्रमुख धर्म मत व सम्प्रदाय
2	पवित्र कुरान एक परिचय व उसके अनसुलझे रहस्य
3	जीवन की कुछ अनसुलझी पहेली
4	असली सिकंदर (जुलकरनैन)
5	स्वप्न (व्याख्या) धर्म तथा विज्ञान की नजर में

6	आत्मा (रूह) धर्म तथा विज्ञान की नजर में
7	मनुष्य तथा भाषा की उत्पत्ति कैसे हुई?
8	ईश्वर, प्रार्थना, उपदेश, नास्तिक, दुःख
9	हारूत तथा मारुत की कहानी
10	उपदेश महान लोगों के, सभी धर्मों में
11	प्रार्थना, सभी धर्मों में
12	आज भी अंल खि▢ जिंदा है?
13	अल्लाह एक परिचय
14	इस्लाम एक परिचय व सम्प्रदाय
15	अल खिज़र एक परिचय
16	किंग सोलोमन तथा मलिका बिल्कीश (तौरेत तथा कुरान के अनुसार)
17	एक इस्लामी सम्प्रदाय अहले हदीस का परिचय
18	अपना स्वास्थ्य (सेक्स संबंधी)
19	बाइबिल एक परिचय, क्या ओरिजिनल बाइबिल आज भी उपलब्ध है?
20	दुर्लभ चीजें जो मेरे पास मूल रूप में उपलब्ध है।
21	नास्तिक और बौद्ध धर्म (धम्म)
22	अधम्म क्या है?
23	अल कहफ (अर रकीम) की रहस्मय कहानी
24	धर्म संस्थापक का जीवन परिचय ,सभी धर्मों के
25	दुःख

26	शांति की खोज
27	धर्म पुस्तक की उत्पत्ति, भाषा, लेखक व मूल प्रति
28	समानांतर ब्रह्मांड का रहस्य
29	तलाक! जिम्मेदार कौन?
30	कर्म ही सर्वश्रेष्ठ?
31	एकांत क्यों?
32	कयामत की निशानी
33	पवित्र कुरआन की भविष्यवाणी

अपना व्यक्तिगत परिचय

मेरा नाम अब्दुल वहीद है मेरे पिता का नाम स्वर्गीय हाजी उबैदुर्रहमान है व माता का नाम जैबुन्निसा है । मैंने बचपन से ही वैज्ञानिक विचारधारा को पसंद किया है और शांत स्वभाव व पुस्तकों से लगाव रहा है । जिससे मेरी रोज जिज्ञासा रुचि निरंतर नए - नए खोजो को जानकारी में प्रयुक्त रहा है । मैं BSc करते समय पालीटेक्निक में सेलेक्शन हो गया था , लेकिन दुर्भाग्यवश अधूरा रह गया था क्योंकि पिता और भाई का सर्वगवास हो गया था । मेरे पिता जी की दो बातें जो , मेरे जीवन के लिए अत्यंत अनमोल है <u>प्रथम - इमानदारी से कमाओ झूठ का सहारा मत लो ,</u>

<u>दूसरा अन्न की इज्जत करो और जितना खाना हो उतना ही लो ।</u>

इसलिए घर की जिम्मेदारी , फिर बाद में विवाह हो जाने के कारण शिक्षा अधूरी रह गई । फिर भी हिम्मत नहीं हारा और आज आपके सामने मेरे विचारों के रूप में पुस्तक उपलब्ध है । यदि कोई जानकारी अधूरी रह गई हो तो कृपया जरूर अवगत कराये ।

धन्यवाद ।

कृपया मुझसे संपर्क करें–

Abdul Waheed, Barabanki, Uttar Pradesh, India (BHARAT)